देवदास

शरत्चंद्र चट्टोपाध्याय का कथा साहित्य

कमला
काशीनाथ
गृहदाह
चंद्रनाथ
चरित्रहीन
दत्ता
देना-पावना
देवदास
देहाती समाज
पथ के दावेदार
परिणीता
बिराज बहू
ब्राह्मण की बेटी
मझली दीदी
विजया
विप्रदास
शेष परिचय
शेष प्रश्न
श्रीकांत
पंडित जी

देवदास

(उपन्यास)

शरत्चन्द्र चट्टोपाध्याय

भारतीय ग्रंथ निकेतन
2713, कूचा चेलान, दरियागंज
नई दिल्ली-110002

ISBN : 978–81–89211–23–3

प्रकाशक : भारतीय ग्रंथ निकेतन,
2713, कूचा चेलान, दरियागंज,
नई दिल्ली-110002
प्रकाशन वर्ष : 2010
मूल्य : 100.00
मुद्रक : विकास कंप्यूटर एण्ड प्रिंटर्स
दिल्ली-110032

DEVDAS (Novel) : Sharat Chandra Chattopadhyaya

पहला परिच्छेद

वैशाख की दोपहरी थी। धूप और गर्मी की कोई सीमा नहीं थी। ठीक उसी समय मुकर्जी-कुल का देवदास पाठशाला के कमरे के एक कोने में एक फटी चटाई पर बैठा हाथ में स्लेट लिए कभी आँखें खोलता, कभी मूँदता और कभी पैर फैलाकर जम्हाई लेने लगता था। अंत में वह किसी गहरी सोच में डूब गया। पल भर में ही उसने निश्चय कर लिया कि ऐसी मनोहर बेला में गुड्डी उड़ाते हुए इधर-उधर घूमने-फिरने के बदले पाठशाला में बंद होकर पड़े रहना व्यर्थ है। उसके उर्वर मस्तिष्क में इसका एक उपाय भी सूझ गया। वह हाथ में स्लेट लिए उठ खड़ा हुआ।

पाठशाला में उसी समय दोपहर के भोजन की छुट्टी हुई थी। बालकों की टोली शोरगुल करती तरह-तरह की भाव-भंगिमाओं के साथ पास ही के वट वृक्ष के नीचे गुल्ली-डंडा खेल रही थी। देवदास ने एक बार उस ओर देखा। उसे दोपहर के भोजन की छुट्टी नहीं मिला करती थी। क्योंकि गोविन्द पंडित अनेक बार देख चुके थे कि जब वह एक बार पाठशाला से निकल जाता है तो फिर लौटकर आना पसंद नहीं करता। उसके पिता ने भी इसके बारे में मना कर रखा था। अनेक कारणों से यही निश्चय हुआ था कि दोपहर की छुट्टी के समय वह पाठशाला के प्रमुख छात्र भोलू की देख-रेख में रहा करेगा।

उस समय पाठशाला में केवल पंडित जी थे। वह दोपहरिया के आलस्य में आँखें मूँदे सो रहे थे और पाठशाला का प्रमुख छात्र भोलू एक कोने में पड़ी हाथ-पैर टूटी एक बेंच पर छोटा-मोटा पंडित बना बैठा था। बीच-बीच में बड़े अनमने भाव से कभी तो लड़कों का खेल देख लेता था और कभी देवदास और पार्वती पर अलसाई हुई नज़र डाल लेता था। पार्वती इधर कोई महीनाभर हुआ, पंडित जी के आश्रय और देख-रेख में आई है। पंडित जी ने शायद इस एक महीने के थोड़े-से समय में ही उसका खूब मनोरंजन किया था। इसीलिए वह खूब मन लगाकर और बड़े धीरज से सोये हुए पंडित जी का चित्र बोधोदय के अंतिम पृष्ठ पर स्याही से बना रही थी। और एक दक्ष चित्रकार की तरह विभिन्न कोणों से यह देख रही थी कि इतने यत्न से बनाया हुआ यह चित्र अपने मॉडल से कुछ

मिल रहा था। लेकिन पार्वती इतने से ही पर्याप्त आनन्द और आत्म-संतोष अनुभव कर रही थी।

तथी देवदास हाथ में स्लेट लिए उठ खड़ा हुआ और भोलू की ओर मुड़कर ज़ोर से बोला, "हिसाब नहीं हो रहा।"

भोलू ने शांत और गंभीर मुँह बनाकर पूछा, "कौन-सा हिसाब?"

"मन, सेर, छटांक का।"

"लाओ जरा स्लेट देखूँ।"

भाव ऐसा था जैसे इस तरह के कार्यों के लिए उसके सामने स्लेट पहुँचने भर की देर होती है और काम हो जाता है। स्लेट उसके हाथ में देकर देवदास पास ही खड़ा हो गया। भोलू जोर-जोर से बोल-बोलकर लिखने लगा, "एक मन तेल का दाम चौदह रुपए नौ आने तीन पाई हो तो....।"

ठीक उसी समय एक घटना हो गई। उस हाथ-पैर टूटी बेंच पर पाठशाला का यह प्रमुख छात्र अपने पद और मर्यादा के योग्य आसन चुनकर नियमित रूप से आज तीन वर्ष से नित्य बैठता आ रहा था। उसके पीछे ढेर सारे चूने का ढेर लगा हुआ था। इसे पंडित जी ने न जाने कब और किस युग में सस्ते दाम में खरीदा था। उनका इरादा था कि जब कभी अच्छे दिन आयेंगे तब इससे एक कमरा और दालान बनवायेंगे। यह तो पता नहीं वे शुभ दिन कब आए लेकिन इस सफेद चूने के प्रति उनकी सतर्कता और रखवाली में कभी कोई कमी नहीं होती थी। संसार से अनभिज्ञ और परिणाम से अनजान कोई आश्रित बालक इस चूने का कण मात्र भी नष्ट न करने पाए, इसके लिए उन्होंने अपने प्रिय और अपेक्षाकृत वयस्क भोलानाथ को इस यत्न सहित संचित वस्तु की सावधानी से रक्षा करने का भार सौंपा था और वह बेंच पर बैठकर इसकी रखवाली करता था।

भोलानाथ लिखवा रहा था, "एक मन तेल का दाम अगर चौदह रुपए नौ आने तीन पाई होता...." अरे बाप रे! इसके बाद खूब हँगामा हुआ और पार्वती ज़ोर-ज़ोर से चिल्लाकर और तालियाँ बजा-बजाकर धरती पर लोटने लगी। शोर सुनते ही जागे हुए गोविन्द पंडित लाल-लाल आँखें किए एकदम से उठ खड़े हुए। उन्होंने देखा—पेड़ के नीचे लड़कों की टोली कतार बाँधकर ही-ही करती दौड़ रही है। उसी समय उन्हें यह भी दिखाई दिया कि टूटी हुई बेंच के ऊपर एक जोड़ी पैर नाच-कूद रहे हैं और चूने में जैसे ज्वालामुखी फट पड़ा है। वह चिल्ला उठे, "क्या हुआ? क्या हुआ?"

वहाँ कहने के लिए केवल पार्वती थी। लेकिन वह उस समय धरती पर

लोट रही थी और तालियाँ बजा रही थी। पंडित जी का अनुत्तरित प्रश्न क्रोध के रूप में लौट आया, "क्या हुआ? क्या हुआ रे? क्या हुआ?"

इसके बाद श्वेत मूर्ति भोलानाथ चूना हटाकर खड़ा हो गया। पंडितजी ने चिल्लाकर कहा, "बदमाश कहीं का, तू था उसके अंदर?"

"आँ... आँ... आँ...।"

"फिर वही।"

"देवा साला धकेलकर... आँ... आँ... मन... सेर... छटांक...।"

"फिर वही बदमाश।"

परंतु दूसरे ही क्षण सारी बातें पंडित जी की समझ में आ गईं और उन्होंने चटाई पर बैठकर पूछा, "देवा तुझे धकेलकर भाग गया?"

भोलू और जोर-जोर से रोने लगा-"आँ... आँ... आँ...।"

इसके बाद कुछ देर तक चूने की झाड़-पोछ हुई। लेकिन सफेद और काले रंग में वह प्रमुख था। बहुत कुछ भूत की तरह दिखाई देने लगा। और उसका रोना बंद नहीं हुआ।

पंडित जी ने कहा, "मालूम होता है कि देवा तुझे धक्का देकर और गिरा कर भाग गया।"

भोलू ने कहा, "आँ... आँ...।"

पंडित जी बोले, "इसका बदला लूँगा।"

भोले ने कहा-"आँ... आँ... आँ...।"

पंडित जी ने पूछा, "सब लड़के कहाँ हैं?"

इसके बाद लड़कों की टोली लाल मुंह किए हांफती हुई ऊपर आ गई, "देवा पकड़ा नहीं गया। वह ईंट फेंककर मारता है।"

"पकड़ा नहीं गया।"

लड़के ने दोहराया-"वह... ईंट...।"

"चुप रह।"

लड़का थूक लीलकर एक ओर खिसक गया। निष्फल क्रोध में पंडित जी ने सबसे पहले पार्वती को खूब फटकारा और फिर भोलानाथ का हाथ पकड़कर बोले "चल, जरा कचहरी में चलकर मालिक से कहें।"

इसका मतलब था कि जमींदार नारायण मुकर्जी के पास जाकर उनके पुत्र की इस करतूत की फरियाद की जाए।

उस समय लगभग तीन बजे थे। नारायण मुकर्जी बाहर बैठे हुक्का पी रहे

थे। एक नौकर हाथ में पंखा लिए हवा कर रहा था। छात्र सहित पंडित जी के इस असमय आगमन से उन्होंने चकित होकर कहा, "अरे, यह तो गोविन्द पंडित हैं।"

लेकिन गोविन्द जाति के कायस्थ थे इसलिए पहले तो उन्होंने दंडवत् प्रणाम किया और फिर भोलू को दिखाकर सारी बातें विस्तार से बताईं। मुकर्जी महाशय बहुत नाराज हुए, "यही तो मैं देख रहा हूँ–देवदास हाथ से निकला जा रहा है।"

"अब आप ही आज्ञा दें कि मैं क्या करूँ?"

जमींदार साहब ने हुक्के की निगाली रखकर पूछा, "कहाँ गया वह?"

"मैं क्या जानूँ। जो लड़के पकड़ने गए थे उन्हें ईंटें मार-मारकर भगा दिया।"

दोनों कुछ देर चुप रहे। फिर नारायण बाबू ने कहा, "अच्छा उसे घर आने दो, तब जो कुछ होगा करूँगा।"

गोविन्द अपने विद्यार्थी का हाथ पकड़कर जब पाठशाला लौटे तो उन्होंने अपने चेहरे और आँखों की भाव-भंगिमाओं से सारी पाठशाला को भयभीत कर दिया और प्रतिज्ञा की कि यद्यपि देवदास के पिता गाँव के ज़मींदार हैं लेकिन मैं उसे पाठशाला में नहीं घुसने दूँगा।

उस दिन पाठशाली का छुट्टी कुछ पहले ही हो गई। जाते हुए बच्चे आपस में बातें करने लगे।

एक लड़के ने कहा–"ओह, देवा कितना ताकतवर है।"

दूसरे लड़के ने कहा–"भोलू को खूब छकाया।"

"ओह, कैसा ढेला फेंकता है।"

एक लड़के ने भोलू का पक्ष लेकर कहा, "देख लेना, भोलू भी इसका बदला लेगा।"

इस छोटी सी टोली के साथ पार्वती भी स्लेट और किताब हाथ में लिए घर लौट रही थी। उसने पास वाले लड़के का हाथ पकड़कर पूछा, "मणि, क्या अब पंडित जी देव भैया को सचमुच ही पाठशाला में नहीं आने देंगे?"

मणि ने उत्तर दिया, "नहीं-किसी तरह नहीं।"

पार्वती को यह बात बिलकुल अच्छी नहीं लगी। उसके पिता का नाम था नीलकंठ चक्रवर्ती। चक्रवर्ती महाशय जमींदार साहब के पड़ोसी थे। मुकर्जी महाशय का जो बहुत बड़ा मकान था, उसी के पास चक्रवर्ती महाशय का भी छोटा-सा पुराने ढंग का ईंटों का मकान था। उनके पास दस-पाँस बीघे ज़मीन थी और यजमानों के दो-चार घर थे। ज़मींदार साहब के घर से भी उन्हें कुछ मिल जाता था। इससे उनके परिवार का अच्छी तरह गुज़ारा हो जाता था।

पार्वती की सबसे पहले भेंट धर्मदास से हुई। वह देवदास का घरेलू नौकर था। एक वर्ष की उम्र से आज बारह वर्ष की उम्र तक वह देवदास के ही साथ है। वही उसे पाठशाला पहुँचाने जाता है और छुट्टी के समय आकर ले जाया करता है। यह काम वह नियमित रूप से करता आया है। इसी काम के लिए वह आज भी पाठशाला जा रहा था।

पार्वती को देखकर उसने पूछा, "क्यों पारो, तुम्हारे देव भैया कहाँ हैं?"

"भाग गए।"

धर्मदास ने आश्चर्य से पूछा, "भाग गए? क्या मतलब?"

पार्वती भोलानाथ की दुर्दशा की कथा नए सिरे से सुनाकर हँसने लगी–"देखो धर्म, देव भैया... ही-ही-ही...एकदम चूने के ढेर पर... ही-ही-ही... एकदम धर्म. .. उसे चित पटककर...।"

हालांकि धर्मदास सारी बातें अच्छी तरह नहीं समझ पाया फिर भी पार्वती को हँसते देख हँस पड़ा। फिर हँसी रोककर उसने आग्रह भरे स्वर में पूछा, "बताओ पारो क्या हुआ था?"

"देव भैया ने भोलू को धक्का देकर गिरा दिया चूने के ढेर पर... ही ही ही।"

धर्मदास की समझ में बात अब आई। उसने चिन्तित होकर पूछा, "क्यों पारो, जानती हो इस समय वह कहाँ होगा?"

"मैं क्या जानूँ?"

"नहीं, तुम जानती हो। बतला दो। उसे बहुत भूख लगी होगी।"

"भूख तो ज़रूर लगी होगी। लेकिन मैं बताऊँगी नहीं।"

"क्यों नहीं बताओगी?"

"बता दूँगी तो वह मुझे बहुत मारेंगे। मैं जाकर उन्हें खाना दे आऊँगी।"

धर्मदास बहुत कुछ संतुष्ट हो गया। बोला, "अच्छा, दे आना और शाम होने से पहले ही उसे बातों में लगाकर घर ले आना।"

"अच्छा ले आऊँगी।"

घर पहुँचकर पार्वती ने देखा कि देवदास की माँ और उसकी माँ को सारी बातों का पता चल चुका है। उन्होंने उससे भी पूछा। हँसकर और गंभीर होकर जो कुछ उससे बना बता दिया। इसके बाद उसने अपने आँचल में थोड़ी-सी पूड़ी बाँधी और जमींदार के आम के बाग में चली गई। यह बाग उनके मकान के पिछवाड़े ही था। उसी के एक ओर बाँस की झाड़ियाँ थीं। वह जानती थी कि छिपकर तम्बाकू पीने के लिए देवदास ने इसी बाँसवाड़ी के अंदर थोड़ी-सी जगह

साफ कर रखी है। जब वह भाग कर कहीं छिपना चाहता था तब इसी गुप्त स्थान में आ छिपता था।

अंदर पहुँचकर पार्वती ने देखा, बाँसवाड़ी के बीच देवदास हाथ में छोटा-सा हुक्का लिए बैठा है और बड़े-बूढ़ों की तरह तम्बाकू पीता है। चेहरे पर गंभीरता है। उस पर दुश्चिन्ताएँ भी झलक रही हैं।

पार्वती को देखकर उसे बहुत खुशी हुई लेकिन उसने खुशी प्रकट नहीं होने दी। तम्बाकू पीते हुए गंभीर स्वर में बोला, "आओ।"

पावर्ती पास आकर बैठ गई। उसने आंचल में जो कुछ बाँध रखा था उस पर देवदास की नज़र पड़ गई। बिना पूछे ही उसने आँचल से वह चीज़ खोल ली और खाना शुरू करके पूछा–"क्यों पारो, पंडित जी क्या कह रहे थे?"

"उन्होंने सारी बातें जाकर ताऊजी से कह दी हैं।"

देवदास ने हुक्का ज़मीन पर रख दिया और आँखें फाड़कर पूछा, "बाबू जी से सारी बातें कह दीं?"

"हाँ।"

"फिर क्या हुआ?"

"अब वह तुम्हें पाठशाला में नहीं आने देंगे?"

"मैं पढ़ना ही नहीं चाहता।"

इस बीच खाने का सामान समाप्त हो गया था। पार्वती की ओर देखकर बोला, "लाओ, संदेश दो।"

"संदेश तो मैं नहीं लाई।"

"अच्छा तो लाओ पानी दो।"

"पानी यहाँ कहाँ मिलेगा?"

देवदास बिगड़कर बोला, "अगर कुछ भी नहीं है तो फिर आई क्यों? जाओ पानी ले आओ।"

उसकी यह आवाज़ पार्वती को अच्छी नहीं लगी। बोली, "अब मैं नहीं जा सकती। चलो, तुम्हीं चलकर पी आओ"

"मैं अभी कैसे जा सकता हूँ?"

"तो क्या यहीं रहोगे?"

"अभी तो यहीं रहूँगा। फिर कहीं चला जाऊँगा।"

पार्वती का मन दु:खी हो गया। देवदास की बातें सुनकर उसकी आँखें भर आईं, बोली, "देव भैया, मैं भी चलूँगी।"

"कहाँ? मेरे साथ? दुत्, ऐसा कहीं होता है।"

पार्वती सिर हिलाकर बोली, "नहीं, मैं तो चलूँगी।"

"नहीं तुम्हारे जाने की जरूरत नहीं। जाओ पहले पानी ले आओ।"

"नहीं मैं तुम्हारे साथ चलूँगी।"

"अच्छा पहले पानी ले आओ।"

"नहीं मैं नहीं जाऊँगी। तुम पीछे से भाग जाओगे।"

"नहीं मैं नहीं भागूँगा।"

लेकिन पार्वती उसकी इस बात पर विश्वास नहीं कर सकी। वहीं बैठी रही।

देवदास ने आदेशात्मक स्वर में कहा, "जाओ कह रहा हूँ।"

पार्वती चुपचाप बैठी रही।

देवदास ने उसकी पीठ पर घूँसा मार कर कहा, "नहीं जाएगी?" पार्वती रो पड़ी, "नहीं मैं नहीं जाऊँगी।"

देवदास उठकर एक ओर चल दिया। पार्वती भी उठी और रोती हुई देवदास के पिता के पास पहुँच गई। मुकर्जी महाशय पार्वती को बहुत प्यार करते थे: बोले, "क्या हुआ पारो बेटी, तुम रोती क्यों हो?"

"देव भैया ने मुझे मारा है।"

"कहाँ है वह?"

"बाग में बाँसवाड़ी में बैठे तम्बाकू पी रहे थे।"

मुकर्जी महाशय पंडित जी के आने से वैसे ही चिढ़े थे। यह समाचार सुनकर उनका क्रोध और भी भड़क उठा। उन्होंने पूछा, "देवा शायद फिर तम्बाकू पीने लगा है?"

"हाँ पीते हैं। रोजाना ही पीते हैं। बांसवाड़ी में हुक्का छिपा रखा है।"

"तो फिर इतने दिनों से क्यों नहीं बताया?"

"डरती थी कि देव भैया मारेंगे।"

लेकिन वास्तव में यह बात नहीं थी। उसे डर था कि अगर वह यह बात बता देगी तो देवदास को सजा भुगतनी पड़ेगी। इसलिए उसने यह बात नहीं बताई थी। लेकिन आज गुस्से में आकर बता दी। अभी उसकी उम्र केवल आठ वर्ष की ही थी। गुस्सा बहुत आता था लेकिन उसमें समझ-बूझ की कमी नहीं थी। घर आकर बिछौने पर पड़ गई और रोती-रोती सो गई। उस रात उसने खाना भी नहीं खाया।

दूसरा परिच्छेद

दूसरे दिन देवदास की खूब पिटाई हुई। दिन भर घर में बंद रखा गया। फिर जब उसकी माँ बहुत रोई-धोई तब कहीं जाकर उसे छोड़ा गया।

अगले दिन सवेरे ही घर से भागकर आया और पार्वती के मकान की खिड़की के पास आ खड़ा हुआ।

उसने पुकारा, "पारो, ओ पारो।"

पार्वती ने खिड़की खोलकर कहा, "देव भैया!"

देवदास ने इशारा करके कहा, "जल्दी आ।"

जब पार्वती देवदास के पास पहुँची तो देवदास ने पूछा, "तूने तम्बाकू पीने की बात क्यों बताई?"

"तुमने मुझे क्यों मारा था?"

पार्वती चुप रही।

"तू बेवकूफ है। अब फिर कभी मत कहना।"

पार्वती सिर हिलाकर बोली, "नहीं कहूँगी।"

"अच्छा चल। बंसवाड़ी में से बाँस काट लाएँ। ताल पर चलकर मछली पकड़ेंगे।"

बंसवाड़ी के पास ही नोना का एक पेड़ था। देवदास उस पर चढ़ गया उसने बड़ी कठिनाई से बाँस का सिरा खींचकर नीचे झुकाया और पार्वती से बोला, "इसे पकड़ ले। छोड़ मत देना। वरना मैं गिर पड़ूँगा।"

पार्वती अपनी पूरी ताकत लगाकर उसे नीचे की ओर खींचे रही। देवदास ने उसे पकड़ लिया और नोना की एक डाल पर पाँव रखकर उसमें से बँसी काटने लगा।

"देव भैया, पाठशाला नहीं चलोगे?" पार्वती ने नीचे से पूछा।

"नहीं।"

"ताऊजी भेज देंगे।"

"बाबूजी ने कह दिया है अब मैं वहाँ नहीं पढ़ूँगा। पंडित जी घर पर ही पढ़ाने आएँगे।"

पार्वती चिन्तित हो उठी। कुछ देर बाद बोली, "गर्मी के कारण कल से पाठशाला सवेरे की हो गई है। मैं जा रही हूँ।"

देवदास ने आँखें तरेरकर कहा, "नहीं, तुम नहीं जाओगी।"

पार्वती उदास हो उठी। इसी बीच बाँस की डाल कुछ ऊपर उठ गई और देवदास नोना की डाल से नीचे आ गिरा। डाल अधिक ऊँची नहीं थी। इसलिए अधिक चोट नहीं लगी। फिर भी शरीर कई जगह से छिल गया। नीचे आते ही देवदास ने क्रोध में भरकर एक सूखी डाल उठाई और पार्वती की पीठ पर, गालों पर और जहाँ भी जी चाहा जोर-जोर से कई हाथ जमा डाले और बोला, "जा, भाग जा यहाँ से।"

पहले तो पार्वती लज्जित हो गई थी। लेकिन जब उस पर छड़ी-पर-छड़ी पड़ने लगी तब क्रोध और अभिमान के अँगारों की तरह आँखें लाल करके रोती हुई बोली "मैं अभी ताऊजी के पास जाती हूँ।"

देवदास ने क्रोध में आकर एक और हाथ जमाते हुए कहा, "जा, अभी जाकर कह दे। मुझे परवाह नहीं।"

पार्वती चल पड़ी।

देवदास ने पुकारा, "पारो।"

पार्वती अनसुना करके और भी तेजी से आगे बढ़ने लगी।

देवदास ने फिर पुकारा, "ओ पारो, जरा सुन तो।"

पार्वती ने कोई उत्तर नहीं दिया।

देवदास ने नाराज होकर ऊँची आवाज में कहा, "जा, मर जा।"

पार्वती चली गई। देवदास ने जैसे-तैसे एक दो बंसी काट ली।

उसका मन खिन्न हो उठा था।

पार्वती रोती-रोती घर चली गई। उसके गाल पर छड़ी का जो दाग पड़ा था, नीला होकर फूल गया था। उस पर पहले दादी की ही नजर पड़ी चिल्लाकर बोली, "बाप रे! पारो किसने मारा है तुझे इस तरह?"

"पंडित जी ने," आँखें पोंछकर पार्वती बोली।

दादी ने उसे गोद में उठा लिया और गुस्से से तड़पकर बोली, "चल नारायण के पास चल। देखूँ तो सही, कैसा पंडित है। हाय, हाय! लड़की को अधमरा कर दिया।"

पार्वती दादी के गले से लिपट गई, "चलो दादी।"

मुकर्जी महाशय के पास पहुँच कर दादी ने पंडित जी के अनेक पुरखों के नाम का उल्लेख करके उनके परलोक की अशुभ कामना की। फिर गोविन्द को

भी ढेर सारी गालियाँ देकर बोली, "नारायण, जरा देखो तो उसकी हिम्मत! शूद्र होकर ब्राह्मण की लड़की पर हथ चलाया है। ज़रा देखो तो, कैसा मारा है उसने।"

इतना कहकर पार्वती के गाल पर पड़ा दाग बहुत ही दुःख के साथ दिखाने लगी।

नारायण बाबू ने पार्वती से पूछा–"किसने मारा पारो?"

पार्वती चुप रही। दादी ने चिल्लाकर कहा, "और कौन मारेगा? उसी गंवार पंडित ने मारा है।"

"क्यों मारा?"

पार्वती ने फिर भी कोई उत्तर नहीं दिया। मुकर्जी ने समझ लिया कि पारो ने कोई अपराध किया होगा, इसीलिए मार खाई है। लेकिन इस तरह नहीं मारना चाहिए था।

जब उन्होंने यही बात स्पष्ट रूप से कही तो पार्वती ने अपनी पीठ खोलकर दिखाई, "यहाँ भी मारा है।"

पीठ के निशान और भी स्पष्ट तथा बड़े थे। उन्हें देखकर उन दोनों को और भी गुस्सा आया। मुकर्जी ने कहा कि पंडित जी को बुलाकर उससे पूछना चाहिए। और साथ ही यह भी कह दिया कि ऐसे पंडित के पास बच्चों को भेजना ठीक नहीं है।

यह सुनकर पावर्ती को बड़ी खुशी हुई और दादी की गोद में चढ़कर लौट आई।

घर पहुँचकर पार्वती की माँ जिरह करने लगी, "क्यों मारा था?"

"यों ही झूठ-मूठ मारा था।"

माँ ने अच्छी तरह कान मलकर कहा, "झूठ-मूठ भी कोई मारता है?"

तभी दालान में से दादी गुजर रही थी। कमरे की चौखट के पास आकर बोलीं, "क्यों बहू, जब माँ होकर तुम झूठ-मूठ मार सकती हो तो वह मुँहजला नहीं मार सकता?"

"उसने आज तक झूठ-मूठ और अकारण नहीं मारा। यह बड़ी सीधी है ना! इसने ज़रूर कुछ किया होगा, तभी मार खाई है।"

सास झल्ला उठीं, "अच्छा मान लिया यही, सही। लेकिन मैं अब इसे पाठशाला नहीं जाने दूँगी।"

"कुछ पढ़ना-लिखना नहीं सीखेगी?"

"क्या होगा पढ़ना-लिखना सीखकर। एकाध चिट्ठी-पत्री लिखना आ जाए,

दो-चार पंक्तियाँ रामायण-महाभारत की पढ़नी आ जाएँ, बस यही बहुत है। तुम्हारी पारो जज बनेगी या वकील?"

बहू लाचार होकर चुप हो गई।

देवदास उस दिन बहुत ही डरते-डरते घर में घुसा। उसे जरा-सा भी संदेह नहीं था कि पार्वती ने सब कुछ बात दिया होगा। लेकिन जब उसे अपने अनुमान के सच होने का कहीं कुछ भी आभास नहीं मिला बल्कि अपनी माँ के मुँह से यह सुना कि आज गोविन्द पंडित ने पार्वती को बहुत बुरी तरह मारा है, इसलिए अब वह पाठशाला नहीं जाएगी, तब उसे इतनी खुशी हुई कि उसने अच्छी तरह खाना भी नहीं खाया। जैसे-तैसे जल्दी-जल्दी थोड़ा-सा खा-पीकर वह दौड़ता हुआ पार्वती के पास पहुँच गया।

"अब तू पाठशाला नहीं जाएगी?" उसने हांफते हुए पूछा।

"नहीं।"

"यह कैसे हुआ?"

"मैंने कह दिया कि पंडित जी ने मारा है।"

देवदास खूब हँसा और उसकी पीठ ठोंककर अपनी राय प्रकट की कि उसके समान बुद्धिमान लड़की इस पृथ्वी पर कोई और नहीं है। उसके बाद उसके गाल के निशानों को बड़े ध्यान से देखकर ठंडी साँस भरकर बोला, "हाय, हाय!"

पार्वती हँस पड़ी और फिर देवदास के मुँह की ओर देखकर पूछा, "क्या हुआ?"

"क्यों पारो, तुझे बहुत चोट लगी है ना?"

पार्वती सिर हिलाकर बोली, "हूँ।"

"तू फिर ऐसा क्यों करती है। इसी से मुझे गुस्सा आ जाता है तभी तो मार बैठता हूँ।"

पार्वती की आँखें भर आईं। पूछने को जी चाहा लेकिन पूछ नहीं सकी।

देवदास ने उसके सिर पर हाथ रखकर कहा, "देखो, अब ऐसा मत करना।"

पार्वती सिर हिलाकर बोली, "नहीं करूँगी।"

देवदास ने फिर पीठ ठोंककर कहा, "अच्छा, अब मैं तुझे कभी नहीं मारूँगा।"

तीसरा परिच्छेद

दिन-पर-दिन बीतते चले जा रहे थे। दोनों बालक-बालिका के आमोद की कोई सीमा नहीं थी। दिन भर धूप में घूमते फिरते, संध्या को घर लौटकर मार खाते लेकिन दूसरे दिन सवेरा होते ही भाग जाते और संध्या को लौटकर फिर डांटफटकार सहते और रात को निश्चिन्त होकर सो जाते। फिर सवेरा होता और वे फिर घर से निकल जाते। सारे दिन खेलते फिरते। उनका और कोई संगी-साथी नहीं था न उसकी कोई जरूरत ही थी। गाँव भर में शैतानी करते फिरने के लिए दोनों ही काफी थे।

एक दिन सूर्य उदय होने के कुछ देर बाद ही दोनों तालाब पर पहुँचे। दोपहर को लाल-लाल आँखें करके, सारा जल गंदला करके पन्द्रह मछलियाँ पकड़कर और अपनी समझ से आपस में बंटवारा करके दोनों अपने-अपने घर लौट आए।

पार्वती की माँ ने अपनी लड़की को रोजाना की तरह ठोक पीटकर घर में बंद कर दिया।

जब पार्वती कमरे में बैठी रो रही थी, देवदास ने दोपहर को लगभग दो-ढाई बजे उसकी खिड़की के नीचे आकर धीरे से पुकारा, "पारो, ओ पारो।"

पार्वती ने उसकी आवाज तो सुन ली लेकिन रूठकर उत्तर नहीं दिया।

देवदास ने बाकी सारा दिन चम्पा के पेड़ पर बैठकर बिता दिया।

शाम को धर्मदास ने बहुत कोशिश करके उसे पेड़ से उतारा और घर ले गया।

लेकिन ऐसा उसी दिन हुआ। दूसरे दिन पार्वती बड़ी उत्सुकता से देवदास की प्रतीक्षा करती रही। लेकिन देवदास नहीं आया। वह अपने पिता के साथ पास के एक गाँव में निमंत्रण में चला गया था। जब देवदास नहीं आया। तब पार्वती क्षुब्ध मन से अकेली ही घर के बाहर निकल पड़ी। पिछले दिन तालाब में घुसते समय देवदास ने पार्वती को तीन रुपये रखने के लिए दिए थे कि कहीं खो न जाएँ। वे तीन रुपए उसके आँचल में बंधे हुए थे। उसने आज अकेले ही इधर-उधर घूमकर बहुत-सा समय बिता दिया। संगी-साथी कोई मिला नहीं। क्योंकि उन दिनों पाठशाला सुबह खुलती है।

पार्वती दूसरे मुहल्ले की ओर चल पड़ी। वहाँ मनोरमा का मकान था। मनोरमा भी पाठशाला में पढ़ती थी। उम्र में कुछ बड़ी थी। लेकिन पार्वती की सहेली थी। कई दिनों से उससे भेंट नहीं हुई थी। पार्वती ने मुहल्ले में घुसते ही पुकारा, "मानो, घर में हो?"

उसकी आवाज सुनकर मनोरमा की मौसी बाहर निकल आई, "कौन, पारो?"

"हाँ मौसी, मनोरमा कहाँ है?"

"वह तो पाठशाला गई है। तुम नहीं गईं?"

"मैं पाठशाला नहीं जाती। देव भैया भी नहीं जाते।"

मनोरमा की मौसी हँसते हुए बोली, "तब तो बहुत अच्छी बात है। तुम भी नहीं जाती और देव भैया भी नहीं जाते।"

"नहीं। हम दोनों में से कोई नहीं जाता।"

अच्छी बात है मनोरमा तो पाठशाला गई है।

मौसी ने उसे बैठने के लिए कहा। लेकिन वह चली गई। रास्ते में उसने रसिकपाल की दुकान के पास तीन वैष्णवियों को देखा, जो तिलक मुद्रा लगाए हाथ में खंजड़ी लिए भिक्षा माँगने जी रही थीं।

"वैष्णवी, तुम गाना जानती हो?" उसने पुकारकर पूछा।

"जानती क्यों नहीं बेटी।" उनमें से एक ने उलटकर देखते हुए कहा।

"तब गाओ न।"

वे तीनों घूमकर खड़ी हो गईं। उनमें से एक ने कहा, "बेटी, गाना क्या यों ही होता है। भिक्षा देनी पड़ती है। चलो, तुम्हारे घर चलकर गायेंगी।"

"नहीं, यहीं गाओ।"

"पैसे देने होंगे बेटी।"

पार्वती ने आँचल में बंधे रुपए दिखाएं। वे दुकान से कुछ दूर जाकर बैठ गईं और खंजरी बजाकर सुर मिलाकर तीनों गाने लगीं। पार्वती की समझ में कुछ नहीं आया कि उन्होंने क्या गाया और अर्थ क्या हुआ? अगर वह जानना चाहती तब भी न जान पाती। क्योंकि तभी उसका मन देव भैया के पास पहुँच गया था।

गाना समाप्त करके उन्होंने कहा–"लाओ बेटा, दो क्या भिक्षा देती हो?"

पार्वती ने आंचल की गांठ खोलकर तीनों रुपए उनके हाथों में दे दिए।

तीनों वैष्णवियाँ अवाक् होकर उसके मुँह की ओर देखने लगीं। फिर एक ने पूछा, "बेटी, ये रुपए किसके हैं?"

"देव भैया के।"

"वह तुम्हें मारेंगे नहीं?"

"नहीं," पार्वती सोचकर बोली।

"जीती रहो बेटी," उन्होंने आशीर्वाद दिया।

पार्वती ने हँसकर पूछा, "तुम तीनों को ठीक-ठीक हिस्सा मिल गया न?"

तीनों सिर हिलाकर बोली, "हाँ मिल गया। राधारानी तुम्हारा भला करें।" तीनों ने हृदय से उसे आशीर्वाद दिया कि इस दानी छोटी-सी लड़की को कोई सजा न मिले।

पार्वती घर लौट गई।

दूसरे दिन सवेरे देवदास से उसकी भेंट हुई। उसके हाथ में चर्खी तो थी लेकिन गुड्डी नहीं थी। उसे गुड्डी खरीदनी थी।

"पारो रुपए दो", उसने कहा।

"रुपए तो नहीं हैं", पार्वती का मुँह सूख गया।

"क्या हुए?"

"वैष्णवियों को दे लिए। उन्होंने गाना गाया था।"

"सब रुपए दे दिए?"

"हाँ सब दे दिए। तीन ही तो थे।"

"चल पगली, क्या सब रुपए दे देने होते हैं?"

"तीन वैष्णवियाँ थीं न। अगर तीन रुपए न देती तो उनमें हिस्सा कैसे होता?"

देवदास ने गंभीर होकर कहा, "अगर मैं होता तो दो ही रुपए देता!"

यह कहकर देवदास ने चर्खी की डंडी की नोक से जमीन पर कुछ अंक लिखते हुए कहा, "दो रुपए देने पर उन तीनों में से हर एक को दस आने आठ पाई मिलते।"

पार्वती बोली, "वे क्या तुम्हारी तरह हिसाब लगाना जानती हैं?"

पार्वती की बात से खुश होकर बोला, "हाँ वे नहीं जानती हैं?"

देवदास का हाथ पकड़कर पार्वती बोली, "देव भैया, मैंने समझा था तुम मुझे मारोगे।"

देवदास चकित होकर बोला, "मारता क्यों?"

"वैष्णवियों ने कहा था, तुम मुझे मारोगे।"

देवदास ने खुश होकर पार्वती के कंधे पर भार रखते हुए कहा, "धत् बिना कोई अपराध किए क्या मैं मारता हूँ?"

देवदास ने समझा था कि पार्वती का यह कार्य उसके दंड विधान के अंतर्गत नहीं आता। क्योंकि तीनों रुपए उन तीनों में आसानी से बंट गए थे। अगर पार्वती ने तीन के बजाए उन्हें दो ही रुपए दिए होते तो उन्हें परेशानी होती। क्योंकि वे हिसाब नहीं जानती थीं।

उसने चर्खी एक झाड़ी में छिपा दी और गुड्डी खरीदेने के लिए छोटे बाजार की ओर चल.दिया।

चौथा परिच्छेद

इस तरह एक वर्ष बीत गया। लेकिन अब और नहीं बीतना चाहता। देवदास की माँ आफत मचाने लगीं। उन्होंने पति को बुलाकर कहा, "देवदास हलवाहे जैसा मूर्ख ही रहेगा क्या? चाहे जो भी हो। इसकी कोई-न-कोई व्यवस्था करो।"

उन्होंने सोचकर कहा, "कलकत्ते भेजे देता हूँ। नगेन्द्र के यहाँ रहकर अच्छी तरह पढ़-लिख जाएगा।"

नगेन्द्र बाबू रिश्ते में देवदास के मामा थे। यह सुनकर पार्वती भयभीत हो उठी। देवदास को अकेला पाकर उसका हाथ थामकर बोली, "देव भैय, तुम कलकत्ता जाओगे?"

"किसने कहा?"

"ताऊजी ने कहा है।"

"नहीं। मैं हरगिज नहीं जाऊँगा।"

"और अगर वह जबर्दस्ती भेज दें तो?"

"जबर्दस्ती?"

देवदास ने ऐसा मुँह बनाया जिससे पार्वती समझ गई कि इस पृथ्वी पर ऐसा कोई नहीं है जो उससे जोर-जबर्दस्ती करके काम करा सके। वह भी यही चाहती थी। इसलिए खुशी से झूमती हुई हँसकर बोली, "देखो देव भैया, जाना मत।"

लेकिन देवदास की यह प्रतिज्ञा टिक नहीं सकी। उसके पिता ने उस पर बहुत दबाव डाला। मारा-पीटा। डांटा-फटकारा और धर्मदास के साथ कलकत्ता भेज दिया।

जाने के दिन देवदास बहुत दुःखी था। नए स्थान पर जाने के विचार से उसके मन में कुतूहल था खुशी नहीं थी। पार्वती उस दिन उसे किसी भी तरह छोड़ना ही नहीं चाहती थी। बहुत-बहुत रोई-धोई। लेकिन उसकी बात सुनता कौन। पहले तो उसने रूठकर कुछ देर तक देवदास के साथ बात ही नहीं की। अंत में देवदास ने जब उससे कहा कि वह जल्दी ही लौट आएगा। अगर वह न भेजेंगे तो भाग आएगा–तब पार्वती का मन कुछ शांत हुआ। उसने अपने दुःखी मन की

बहुत-सी बातें कह सुनाईं। इसके बाद माता के आशीर्वाद और उनकी आँखों के आँसू अपने माथे पर तिलक के रूप में धारण करके देवदास घोड़ी पर सवार होकर चला गया।

उस समय पार्वती को न जाने कितना दुःख हुआ। आँखों से न जाने किस तरह जलधारा गालों पर से नीचे की ओर गिरी और दुःख से उसकी छाती न जाने किस तरह फटने लगी। कई दिन इसी तरह बीत गए। अचानक एक दिन उसने सुबह उठकर देखा कि आज दिनभर करने के लिए उसके पास कोई काम ही नहीं। जब से उसने पाठशाला छोड़ी थी तब से अब तक सुबह से शाम तक का सारा समय खेलने-कूदने और शैतानियाँ करने में ही बीत जाता था। वह समझती थी कि न जाने मुझे कितने काम करने हैं और उन सब कामों के लिए समय ही पूरा नहीं पड़ता। लेकिन अब अक्सर ऐसा होने लगा कि उसे ढूंढ़ने पर भी काम नहीं मिलता। किसी दिन सवेरे उठकर चिट्ठी लिखने बैठ जाती। इसी में दस बज जाते और माँ नाराज होने लगती। लेकिन दादी कहती, अरे उसे लिखने दो न। सवेरे उठकर इधर-उधर दौड़ने-फिरने से तो लिखना-पढ़ना अच्छा है।

जिस दिन देवदास का पत्र आता था वह दिन पार्वती के लिए बहुत ही खुशी का दिन होता था। सीढ़ी वाले दरवाजे की चौखट पर बैठकर और हाथ में पत्र लेकर दिन भर उसे पढ़ती रहती थी।

इस तरह दो महीने बीत गए। अब न तो उधर से जल्दी-जल्दी पत्र आता था और न इधर से ही जल्दी-जल्दी लिखा जाता था। पत्र लिखने का उत्साह धीरे-धीरे कम होता जा रहा था।

एक दिन सुबह के समय पार्वती ने अपनी माँ से कहा, "माँ, मैं अब फिर पातशाला जाया करूँगी।"

"क्या?" माँ को आश्चर्य हुआ।

पार्वती सिर हिलाकर बोली, "मैं जरूर जाऊँगी।"

"अच्छा जाना। मैंने तुझे कभी पाठशाला जाने से मना किया है?"

उसी दिन दोपहर को पार्वती बहुत दिनों की छोड़ी हुई स्लेट और किताब खोलकर और दासी का हाथ पकड़कर फिर अपने उसी पुराने स्थान पर शांत और धीर भाव से जा बैठी।

दासी ने कहा, "गुरुजी, अब पार्वती को मारना-पीटना मत। अपने इच्छा से ही पढ़ने आई है, जब तक इसकी इच्छा होगी तब तक पढ़ा करेगी और जब इच्छा होगी घर चली आया करेगी।"

"ठीक है," पंडित जी ने कहा।

एक बार उनकी इच्छा हुई कि पूछे–पार्वती को भी कलकत्ता क्यों नहीं भेज दिया? लेकिन पूछा नहीं।

पार्वती ने देखा, ठीक उसी स्थान पर बेंच के ऊपर प्रमुख छात्र भोलू बैठा है। उसे देखकर एक बार तो पार्वती को कुछ हँसी आई। लेकिन फिर उसकी आँखें गीली हो उठीं। उसे याद आया कि इसी ने देवदास को घर से निकलवाया है।

बहुत दिन बीत गए। एक दिन देवदास लौटकर घर आया। पार्वती दौड़ी हुई उसके पास पहुँची। बहुत-सी बातें हुईं। कुछ ऐसी अधिक बातें नहीं थीं जिन्हें पार्वती कहती और जो बातें हुई भी थीं उन्हें वह कह नहीं सकी। लेकिन देवदास ने बहुत-सी बातें कहीं। सभी कलकत्ते की बातें थीं।

फिर एक दिन गर्मियों की छुट्टियाँ बीत गईं। देवदास फिर कलकत्ता चला गया। इस बार भी वह रोई लेकिन इस बार पहले जैसी गंभीरता नहीं रही।

इसी तरह चार वर्ष बीत गए। इन थोड़े से वर्षों में देवदास के स्वभाव में इतना अधिक परिवर्तन हो गया था कि उसे देखकर पार्वती ने अनेक बार एकान्त में चुपके-चुपके रोकर अपनी आँखें पोंछी थीं इससे पहले देवदास में देहातीपन दिखाई देता था। लेकिन अब उसका रत्तीभर भी चिह्न दिखाई नहीं देता था। अब के विलायती जूता, बढ़िया कोट-कमीज, धोती, घड़ी, सोने की चैन वाली घड़ी, सोने के बटन आदि के न होने पर उसे शर्मिन्दगी महसूस होने लगी थी। अब गाँव की नदी के किनारे टहलने को उसका जी नहीं चाहता था बल्कि अब उसे हाथ में बन्दूक लेकर शिकार के लिए निकल जाने में आनन्द आता था। छोटी-छोटी मछलियों के बजाय बड़े-बड़े मच्छ फंसाने की इच्छा होती थी।

केवल यही नहीं समाज की चर्चा, राजनीति की चर्चा, सभा-समिति, क्रिकेट और फुटबाल की आलोचना ही उसे अच्छी लगती थी।

हाय रे, अब कहाँ वह पार्वती और कहाँ उन लोगों का वह ताल। सोनापुर गाँव! बचपन की यादों से भरी जो एक-दो शुरू की बातें थीं, ऐसा नहीं था कि वे याद न होती हों। लेकिन अन्य बहुत-सी बातों के प्रति उत्साह न होने के कारण अब वे अधिक समय तक मन में ठहर नहीं पाती थीं।

पिछले वर्ष गर्मियों की छुट्टियों में देवदास घूमने के लिए विदेश चला गया था, घर नहीं आया था। इस बार माता-पिता दोनों ने ही पत्र लिखकर अनुरोध किया था। इसलिए इच्छा न होने पर भी देवदास अपना बोरिया-बिस्तर बाँधकर ताल सोनापुर गाँव आने के लिए हावड़ा स्टेशन पर पहुँच गया।

जिस दिन घर पहुँचा, कुछ अस्वस्थ था। इसलिए घर से बाहर नहीं निकल सका। दूसरे दिन उसने पार्वती के घर पहुँचकर पुकारा, "चाची!"

पार्वती की माँ ने उसे बड़े आदर से बुलाया, "आओ बेटा, बैठो।"

चाची के साथ थोड़ी देर बातचीत करने के बाद देवदास ने पूछा, "पार्वती कहाँ है चाची?"

"अंदर वाली कोठरी में होगी।"

देवदास ने ऊपर पहुँचकर देखा, पार्वकी संध्या-दीप जला रही थी।

"पार्वती", उसने पुकारा।

पहले तो पार्वती चौंक पड़ी। फिर प्रणाम करके कुछ अलग खिसककर खड़ी हो गई।

"यह क्या हो रहा है पार्वती?"

इस बात का उत्तर देने की कोई आवश्यकता नहीं थी इसलिए पार्वती चुप रही। देवदास को शर्मिन्दगी महसूस होने लगी बोला, "अच्छा जाता हूँ। शाम हो गई है। शरीर भी ठीक नहीं है।"

वह चला आया।

पाँचवाँ परिच्छेद

दादी कहती है, पार्वती ने अब तेरहवें वर्ष में पाँव रखा है।

इस उम्र में शारीरिक सौंदर्य न जाने कहाँ से दौड़कर आ जाता है और किशोरी के सर्वांग में छा जाता है। आत्मीय तथा परिचित सहसा चौंककर देखते हैं कि हमारी छोटी-सी बिटिया अब बड़ी हो गई है। बस उसी दिन से उसके लिए वर खोजने की चिन्ता लग जाती है। चक्रवर्ती के घर आज कई दिनों से इसी बात की चर्चा हो रही है। पार्वती की माता बहुत ही चिन्तित है। बातों-बातों में अपने पति को सुनाकर कहती हैं कि अब पार्वती को रखा नहीं जा सकता।

चक्रवर्ती बड़े आदमी तो नहीं थे लेकिन संतोष की बात यह थी कि कन्या बहुत ही सुन्दर थी। वह समझते थे कि यदि संसार में रूप की कोई कद्र है तो पार्वती के लिए अधिक चिन्ता करने की आवश्यकता नहीं होगी। इसके अतिरिक्त एक और बात भी थी। वह भी यहाँ बता दी जाए तो अच्छा है। चक्रवर्ती परिवार में इससे पहले कन्या के विवाह की इतनी चिन्ता नहीं करनी पड़ती थी जितनी पुत्र के विवाह के लिए करनी पड़ती थी। ये लोग कन्या के विवाह में वर-पक्ष से धन लेते थे। और पुत्र के विवाह में वधू-पक्ष को धन देकर बहू को घर ले आते थे। नीलकंठ चक्रवर्ती के पिता ने भी अपनी कन्या के विवाह में धन लिया था। लेकिन नीलकंठ को इस प्रथा से बहुत ही घृणा थी। उनकी बिल्कुल इच्छा नहीं थी कि पार्वती को बेचकर धन प्राप्ति करें। पार्वती की माँ भी यह बात जानती थी इसीलिए वह पार्वती के लिए तकाज़ा करती रहती थी।

इससे पहले पार्वती की माँ के मन में एक असंभावित आशा ने जन्म लिया था। उन्होंने सोचा था कि किसी तरह पार्वती का विवाह देवदास के साथ हो जाए। वह यह नहीं समझती थी कि इस आशा का पूरा होना नितान्त असंभव है उनका विचार था कि यदि देवदास से अनुरोध किया जाए तो शायद कोई रास्ता निकल आए। उन्होंने बातों-बातों में इस बात की चर्चा देवदास की माँ से कर भी दी थी–"बहू, देवदास में और हमारी पार्वती में भला कैसा स्नेह है। ऐसा स्नेह और कहीं दिखाई नहीं देता।"

देवदास की माँ ने कहा, "चाची, भला उन दोनों में स्नेह क्यों न होगा। दोनों भाई-बहिन की तरह एक साथ पलकर बड़े हुए हैं।"

"हाँ बेटी, इसीलिए तो सोचती हूँ कि यदि दोनों का... देखो ने बहू जब देवदास कलकत्ता गया था तब हमारी बिटिया सिर्फ आठ वर्ष की थी, लेकिन उसी उमर में सोच-सोचकर मानो सूखकर कांटा हो गई थी। जब कोई चिट्ठी आती थी तब वह चिट्ठी उसके लिए जयमाला हो जाती थी। सभी जानते थे।"

देवदास की माँ सब कुछ समझ गई। वह कुछ हँसी। यह पता नहीं कि उस हँसी में कितना उपहास छिपा था। लेकिन वेदना निश्चित रूप से अधिक थी। वह सारी बातें जानती थीं और पार्वती को प्यार भी करती थीं। लेकिन वह भी तो खरीदने-बेचने वाले परिवार की लड़की! फिर घर के पास ही समधियाना... छी-छी!

बोली, "चाची घर के मालिक की बिल्कुल इच्छा नहीं है कि इस छोटी उम्र में, जो कि पढ़ने-लिखने की उम्र है देवदास की शादी की जाए। कहा करते हैं कि बड़े बेटे द्विजदास का छोटी उम्र में विवाह करके कितना अनर्थ किया। उसकी पढ़ाई-लिखाई बिल्कुल नहीं हो सकी।"

पार्वती की दादी एक पल के लिए अवाक् रह गई। फिर बोली, "बहू, यह सब तो मैं तो जानती हूँ। लेकिन तुम्हें तो मालूम ही है कि पारो पर षष्ठी देवी की कृपा है। एक तो यों ही वह कुछ बढ़ गई है। उस पर उसकी गठन भी कुछ ऐसी है कि उम्र से अधिक सयानी लगती है। इसीलिए... इसीलिए यदि नारायण की इच्छा न हो...।"

देवदास की माँ ने बीच में ही रोककर कहा, "नहीं चाची, यह बात मैं उनसे नहीं कह सकूँगी। अगर इस समय मैं देवदास के विवाह की बात चलाऊँगी तो बहुत नाराज होंगे।"

बात यहीं तक होकर दब गई। लेकिन औरतों के पेट में बात नहीं पचती। जब देवदास के पिता भोजन करने लौटे तब देवदास की माँ ने बात चलाकर कहा, "पार्वती की दादी ने आज उसके विवाह की बात छेड़ी थी।"

"हाँ, पार्वती अब सयानी हो गई। जल्दी ही उसका विवाह कर देना चाहिए।"

"तभी तो आज बात चलाई थी। कह रही थी कि अगर देवदास के साथ...।"

नारायणबाबू ने भौहें सिकोड़कर पूछा, "तुमने क्या कहा?"

"मैं क्या कहती? दोनों में बहुत ही स्नेह है। लेकिन क्या इसीलिए खरीदने-बेचने वाले चक्रवर्ती के घर की लड़की अपने घर में ला सकती हूँ और फिर घर के पास ही समधियाना...छी...छी...।"

मुकर्जी संतुष्ट हो गए। बोले, "ठीक ही तो है। क्या हम अपने कुल की हँसी करवाएँगे। तुम इन सब बातों को मत सुना करो।"

गृहिणी ने सूखी हँसी हँसकर कहा, "नहीं, मैं तो अनसुनी कर देती हूँ... लेकिन कहीं तुम न भूल जाना।"

स्वामी ने भात का कौर उठाकर गंभीर स्वर में कहा, "अगर ऐसा होता तो इतनी बड़ी जमींदारी न जाने कब की उजड़ गई होती।"

उनकी जमींदार सदा बनी रही इसमें किसी को आपत्ति नहीं। लेकिन हम पार्वती के दुःख की बात कहते हैं। जब ठुकराया गया यह प्रस्ताव नीलकंठ के कानों तक पहुँचा तो उन्होंने माँ को बुलाकर बड़ी उपेक्षा और अनादर से कहा, "माँ तुम क्यों ऐसी बात कहने गई थीं।"

माँ ने कोई उत्तर नहीं दिया।

"लड़की का विवाह करने के लिए हमें लोगों के पैर पड़ने की जरूरत नहीं होगी। बल्कि बहुत से लोग आकर हमारे पैरों पड़ेंगे। हमारी बेटी कुरूप नहीं है। मैं सप्ताह के अंदर ही उसका रिश्ता तै कर दूँगा। भला विवाह की चिन्ता ही क्या है।"

लेकिन जिसके लिए पिता ने इतनी बड़ी बात कही थी उसके सिर पर तो जैसे बिजली टूट पड़ी। बचपन से ही उसकी धारणा थी कि देव भैया पर मेरा कुछ अधिकार है। यह बात नहीं थी कि वह अधिकार किसी दूसरे ने उसके हाथ में दिया हो। पहले तो वह स्वयं ही ठीक प्रकार से कुछ समझ नहीं पाई थी। अनजाने ही अशांत मन ने धीरे-धीरे यह अधिकार चुपचाप ही बड़ी दृढ़ता से अपने हाथों में ले लिया था। अभी तक उसका कोई बाहरी स्वरूप प्रकट नहीं हो पाया था। फिर भी आज उस अधिकार को छीनने की बात उठते ही उसके तन-मन में एक भंयकर तूफान जाग उठा।

लेकिन देवदास के संबंध में यह बात ठीक तरह से नहीं कही जा सकती थी। बचपन में उसने पार्वती पर अधिकार पाकर पूरी तरह उसका उपयोग किया था। लेकिन कलकत्ता जाने पर पढ़ाई के उत्साह में विभिन्न आमोद-प्रमोद में पड़कर पार्वती के प्रति लगाव काफी कम हो गया था। लेकिन वह यह नहीं जानता था कि पार्वती अपने एक ढर्रे पर चलने वाले ग्रामीण-जीवन में रात-दिन उसी के

बारे में सोचती रहती है। केवल यही नहीं, वह सोचता था कि लड़कपन से ही जिसे वह एक मात्र अपना समझता चला आ रहा है और न्याय-अन्यायपूर्ण हर प्रकार के दुराग्रहों से उस पर शासन करता आ रहा है, यौवन की पहली सीढ़ी पर पांव रखते ही उसकी ओर से इस प्रकार अचानक पीछे फिसल पड़ने से काम कहीं चलेगा। लेकिन उस समय विवाह की बात किसने सोची थी? कौन जानता था कि बड़े हो जाने पर बचपन के इस बंधन को विवाह के अतिरिक्त और किसी भी तरह स्थायी नहीं रखा जा सकता।

इसलिए यह समाचार कि–उसका देवदास के साथ विवाह नहीं हो सकता, उसके अंदर की समस्त आशाओं और अरमानों को उसके हृदय से जैसे उखाड़ फेंकने के लिए खींचातानी करने लगा। लेकिन देवदास सुबह के समय पढ़ता-लिखता था। दोपहर में गर्मी बहुत पड़ती थी इसलिए घर से बाहर निकलना हो नहीं पाता था। केवल तीसरे पहर ही वह चाहता तो कुछ देर के लिए घर से बाहर निकल सकता था। इसी समय वह किसी दिन बढ़िया कपड़े-जूते पहनकर हाथ में छड़ी लेकर बाहर निकलता था। रास्ता चक्रवर्ती परिवार के मकान के पास से ही था। पार्वती ऊपर खिड़की में से डबडबाई आँखों से उसे देखा करती थी। न जाने कितनी बातें उसे याद आ जाती थीं। वह सोचती, अब हम बड़े हो गए हैं। बहुत दिनों तक बाहर रहने के कारण अब परायों की तरह लाज का अनुभव होता है। देवदास उस दिन इसी तरह चला गया था। पार्वती जान गई थी कि अब उसे पहले की तरह आते-जाते शर्म महसूस होती है और इसीलिए वह अच्छी तरह से बात भी नहीं कर पाया था।

देवदास भी अक्सर इसी तरह सोचा करता था। बीच-बीच में वह उसके साथ बातें भी कर लिया करता था। उसे अच्छी तरह देखने की इच्छा भी होती थी। लेकिन फिर वह सोचने लगता, क्या यह अच्छा लगेगा।

यहाँ कलकत्ता जैसी धूमधाम नहीं थी। मनोरंजन के साधन, गाना-बजाना, थियेटर आदि भी नहीं था। इसीलिए अक्सर उसे अपने बचपन की बातें याद आ जाया करती थीं। सोचता, अब पारो पार्वती हो गई है। पार्वती सोचती कि देवदास अब बाबू देवदास हो गया है। देवदास कभी-कभी ही चक्रवर्ती परिवार के घर जाता था।

किसी-किसी दिन संध्या के समय उनके आंगन में खड़ा होकर पुकारता "चाची, क्या हो रहा है?"

चाची कहती, "आओ बेटा, बैठो।"

देवदास यों ही कह देता, "नहीं चाची, रहने दो। जरा घूम आऊँ।"

तब पार्वती किसी दिन ऊपर होती थी और कभी सामने पड़ जाती थी। देवदास चाची के साथ बातें करता था और पार्वती धीरे से वहाँ से हट जाती थी।

रात को देवदास के कमरे में रोशनी होती थी। गर्मी का मौसम था। खुली हुई खिड़की से पार्वती अक्सर उस ओर देखा करती थी। लेकिन उसे दिखाई कुछ भी नहीं देता था। पार्वती आरंभ से ही आत्माभिमानिनी थी। इसलिए जहाँ तक बन पड़ता था इस बात की कोशिश करती रहती थी कि मैं जो इतनी बड़ी वेदना बर्दाश्त कर रही हूँ, इसका कारण किसी को भी पता न चलने पाए। और फिर बताने से लाभ भी क्या है। यदि कोई सहानुभूति प्रकट करेगा तो वह सह न पायेगी और तिरस्कार तथा लांछना-उससे तो मर जाना ही अच्छा है।

मनोरमा का पिछले वर्ष ही विवाह हुआ था लेकिन वह अभी तक ससुराल नहीं गई थी। इसलिए बीच-बीच में घूमती-फिरती आ जाया करती थी। पहले दोनों सखियाँ बीच-बीच में मिलकर इस विषय में बात-चीत किया करती थीं। लेकिन पार्वती अब उन बातों में सहयोग नहीं देती थी। या तो चुप रह जाती थी या बात बदल देती थी।

पार्वती के पिता पिछली रात घर लौट आए हैं। कई दिन से वर की तलाश में बाहर गए हुए थे। विवाह की सारी बातें निश्चित करके घर लौटे हैं। उन्होंने बीस-पच्चीस कोस दूर वर्दवान जिले के हाथी पोता गाँव के जमींदार को चुना है। उनकी आर्थिक स्थिति अच्छी है। उम्र चालीस से नीचे ही है। पिछले वर्ष ही उनकी पहली पत्नी का देहान्त हुआ है। इसलिए वह दूसरा विवाह करेंगे। इस समाचार को सुनकर सभी को प्रसन्नता के बजाय दुःख हुआ। लेकिन भुवन चौधरी के यहाँ से सब मिलाकर दो-तीन हजार रुपए आ पायेंगे इसलिए घर की औरतें चुप रहीं।

एक दिन दोपहर को देवदास भोजन कर रहा था। माँ ने पास बैठकर कहा, "पार्वती का विवाह हो रहा है।"

देवदास ने सिर उठाकर पूछा, "कब?"

"इसी महीने में! कल लड़की को देख गए हैं। वर स्वयं ही देखने आया था।"

देवदास ने हलके आश्चर्य से कहा, "मुझे तो कुछ भी मालूम नहीं।"

"तुम भला कैसे जानोगे। वर का दूसरा विवाह है। उम्र भी अधिक है। लेकिन रुपया-पैसा काफी है। पार्वती सुख से रहेगी।"

देवदास सिर नीचा करके भोजन करने लगा। माँ ने कहा, "इन लोगों की इच्छा थी कि हमारे यहाँ ब्याह करें।"

देवदास ने सिर उठाकर पूछा, "फिर क्या हुआ?"

माँ ने हँसते हुए कहा, "छी... भला ऐसा कहीं हो सकता है। एक तो खरीदने-बेचने वाला छोटा घर। उस पर घर के पास समधियाना। छी...छी...।" माँ ने होंठ सिकोड़े।

कुछ देर चुप रहने के बाद माँ ने कहा, "मैंने उनसे भी कहा था।"

"बाबूजी ने क्या कहा?" देवदास ने सिर उठाकर पूछा।

"वह और क्या कहते। अपने इतने बड़े वंश की हँसी थोड़े ही करा सकते थे। यही मुझे सुना दिया।"

देवदास चुप हो गया।

उसी दिन दोपहर को मनोरमा और पार्वती में बातचीत हो रही थी। पार्वती की गीली आँखें देखकर मनोरमा ने पूछा, "तो फिर बहन, इसका उपाय क्या है?"

पार्वती आँखें पोंछकर बोली, "क्या उपाय है। तुमने क्या अपने वर को पसंद करके विवाह किया था।"

"मेरी बात और है। मुझे तो पसंद भी नहीं थे और नापसन्द भी नहीं। इसीलिए मुझे कोई दु:ख नहीं हुआ। लेकिन तुमने तो बहन, अपने पैरों में आप ही कुल्हाड़ी मारी है।"

पार्वती ने कोई उत्तर नहीं दिया। वह कुछ सोचने लगी।

मनोरमा ने न जाने क्या समझ कर हँसते हुए पूछा, "पारो, वर की उम्र कितनी होगी?"

"किसके वर की?"

"तुम्हारे वर की?"

पार्वती हिसाब लगाकर बोली, "उन्नीस बरस।"

मनोरमा को बड़ा आश्चर्य हुआ, "क्या कह रही हो! मैंने तो सुना है कि चालीस के लगभग है।"

पार्वती हँसते हुए बोली, "मानो बहन, न जाने कितने आदमियों की उम्र चालीस वर्ष हुआ करती है। मैं क्या उन सबका हिसाब रखती हूँ। मैं तो केवल यह जानती हूँ कि मेरे वर की उम्र उन्नीस-बीस वर्ष की होगी।"

पार्वती के मुँह की ओर देखकर मनोरमा ने पूछा, "और नाम क्या है?"

पार्वती फिर हँसते हुए बोली, "लगता है इतने दिनों में तुमने यह भी नहीं जाना।"

"भला मैं कैसे जानूँगी?"

"नहीं जानती? अच्छा तो मैं बताए देती हूँ," पार्वती ने हँसकर कहा फिर गंभीर होकर मनोरमा के कान के पास मुँह ले जाकर बोली, "तुम नहीं जानती-देवदास!"

मनोरमा पहले तो चौंक पड़ी। फिर उसे धकेलते हुए बोली, "मजाक की जरूरत नहीं। वर का नाम बता।"

"अभी बताया तो।"

मनोरमा कुछ बिगड़कर बोली, "अगर देवदास उनका नाम है तो रो-रोकर क्यों मरी जाती है।"

सहसा पार्वती उदास हो गई। फिर न जाने क्या सोचकर बोली, "तो फिर ठीक है, अब मैं नहीं रोऊँगी।"

"पारो!"

"हूँ।"

"बहन, सारी बातें खुलकर बताओ न। मैं तो कुछ भी नहीं समझ सकी।"

"जो कुछ था सभी तो कह दिया।"

"लेकिन मेरी समझ में तो कुछ भी नहीं आया।"

"तुम समझ भी नहीं सकोगी।" पार्वती ने कहा और दूसरी ओर मुँह फेर लिया।

मनोरमा ने सोचा-पार्वती मुझसे बात छिपा रही है, अपने मन की बात बताना नहीं चाहती। वह नाराज हो गई। फिर दुःखी होकर बोली, "पार्वती, तुम्हें जिस बात से दुःख होता है, मुझे भी होता है। मेरी तो भगवान से यही प्रार्थना है कि तुम सदा सुखी रहो। अगर तुम कोई बात मुझसे छिपाना चाहती हो तो भले ही छिपाओ, लेकिन मुझे इस तरह बनाओ मत।"

पार्वती दुःखी हुई। बोली, "नहीं बहन, मैं मजाक नहीं कर रही। जो कुछ मैं जानती हूँ, वही तुम्हें बता रही हूँ। मैं तो यही जानती हूँ कि मेरे स्वामी का नाम देवदास है। उनकी उम्र उन्नीस वर्ष की है। मैंने यही तुम्हें बताया है।"

"लेकिन मैंने तो सुना है कि तुम्हारा विवाह कहीं और पक्का हो गया है।"

"दादी के साथ तो विवाह होगा नहीं। होगा, तो मेरे ही साथ होगा। मैंने तो कहीं यह बात सुनी नहीं।"

मनोरमा ने जो कुछ सुना था, वही बताना चाहती थी लेकिन पार्वती ने उसे बीच में ही रोककर कहा, "वह सब मैं सुन चुकी हूँ।"

"तब देवदास तुम्हें...?"

"मुझे क्या?"

मनोरमा हँसी रोककर बोली, "तो फिर शायद तुम स्वयंवर करोगी। चोरी से सारी बातें पक्की हो गई हैं?"

"कच्चा-पक्का अभी कुछ भी नहीं हुआ है।"

मनोरमा व्यथित स्वर में बोली, "पारो, यह तुम क्या कह रही हो। मेरी समझ में तो कुछ भी नहीं आ रहा!"

पार्वती बोली, "तो फिर मैं देवदास से पूछकर बता दूंगी।"

"क्या पूछोगी? वह ब्याह करेंगे या नहीं। यही ना?"

"हाँ, यही।"

मनोरमा व्यथित होकर बोली, "पारो, यह तुम क्या कह रही हो? क्या तुम स्वयं ही यह बात पूछोगी?"

"इसमें दोष क्या है बहन?"

"क्या कहती हो? स्वयं पूछोगी?" मनोरमा अवाक् रह गई।

"हो, स्वयं ही पूछूँगी। और नहीं तो मेरी ओर से कौन पूछेगा बहन?"

"तुम्हें लाज न लगेगी?"

"इसमें लाज काहे की? तुमसे कहने में क्या मुझे लाज लगी?"

"मैं औरत ठहरी, तुम्हारी सहेली। लेकिन पारो वह तो पुरुष हैं।"

पार्वती हँस पड़ी। बोली, "तुम सहेली हो और अपनी हो। लेकिन वह क्या पराये हैं। जो बात मैं तुमसे कह सकती हूँ क्या वह बात उनसे नहीं कही जा सकती।"

मनोरमा अवाक् होकर उसके मुँह की तरफ देखती रही।

पार्वती ने हँसते हुए कहा, "मनोरमा बहन, तुम झूट-मूठ ही माँग में सिंदूर भरती हो। तुम नहीं जानती कि स्वामी किसे कहते हैं। अगर वह मेरे स्वामी न होते और मेरी सारी लज्जा से परिचित न होते तो मैं इस तरह मरने न बैठती। इसके सिवा बहन, मनुष्य जब मरने पर उतारू हो जाता है तब वह क्या इस बात पर विचार करने बैठता है कि विष कड़वा है या मीठा? उनके सामने कुछ भी कहते हुए मुझे लाज नहीं लगती।"

मनोरमा उसके मुँह की ओर देखती रही। फिर बोली, "क्या तुम उनसे यह कहोगी कि मुझे अपने-चरणों में स्थान दो?"

"हाँ बहन, यही कहूँगी।"

"और अगर उन्होंने स्थान न दिया तो?"

पार्वती कुछ देर चुप रही। फिर बोली, "बहन मैं नहीं जानती कि फिर क्या होगा?"

घर लौटते समय मनोरमा सोचने लगी–"धन्य है इसका साहस और धन्य है इसका कलेजा। मैं अगर मर भी जाऊँ तब भी ऐसी बात ज़बान पर नहीं ला सकती।"

बात भी ठीक ही थी। इसीलिए तो पार्वती ने बताया कि ये सब व्यर्थ की सिंदूर लगाती है और हाथों में चूड़ियाँ पहनती है।

छठा परिच्छेद

मालूम होता है कि रात के एक बज गए हैं। आकाश पर तारे छिटके हुए हैं। पार्वती सिर से पाँव तक बिछाने की चादर लपेट कर धीरे-धीरे सीढ़ियाँ उतरकर नीचे आई। उसने चारों ओर नज़र घुमाकर देखा, कहीं कोई जाग तो नहीं रहा। फिर दरवाजा खोलकर चुपचाप रास्ते पर आ गई। गाँव का रास्ता बिलकुल शांत और सुनसान पड़ा था। किसी के मिलने की आशंका नहीं थी। वह बिना किसी बाधा के जमींदार के मकान के सामने जा खड़ी हुई। ड्योढ़ी पर बूढ़ा दरबान किसन सिंह खाट बिछाए तुलसीकृत रामायण पढ़ रहा था। पार्वती को आते देख बिना सिर उठाए ही पूछा, "कौन?"

"मैं...।" पार्वती ने कहा।

दरबान ने कंठ स्वर से पहचान लिया कि कोई स्त्री है। सोचा, कोई दासी होगी। इसलिए उससे कुछ और पूछे बिना फिर लय-सुर से रामायण पढ़ने लगा। पार्वती अंदर चली गई।

गर्मी के दिन थे। बाहर आंगन में कई नौकर सो रहे थे। उनमें से कुछ तो सोए थे, कुछ आँखें मूँदे पड़े थे। नींद के झोंके में अगर किसी ने पार्वती को देखा भी तो दासी समझकर कुछ कहा नहीं। पार्वती निर्विघ्न अंदर पहुँची और सीढ़ियाँ चढकर ऊपर पहुँच गई। वह इस घर के कोने-कोने से भली-भाँति परिचित थी। देवदास का कमरा पहचानने में उसे देर नहीं लगी। दरवाजा खुला हुआ था। अंदर दीपक जल रहा था। पार्वती ने अन्दर पहुँचकर देखा, देवदास बिस्तर पर सोया पड़ा था। सिरहाने कोई किताब खुली पड़ी थी। लग रहा था, जैसे अभी-अभी सोया हो। दीपक की रोशनी तेज़ करके देवदास के पैरों के पास बैठ गई। दीवार पर लगी घड़ी टक-टक कर रही थी। इसके अतिरिक्त चारों ओर सन्नाटा छाया हुआ था।

पैरों पर हाथ रखकर पार्वती ने धीरे से पुकारा, "देव भैया।"

देवदास ने नींद की झोंक में समझा कोई बुला रहा है। बिना आँख खोले बोला,"हूँ।"

"ओ देव भैया।"

देवदास की नींद उचट गई। जल्दी से उठकर पार्वती के दोनों हाथ पकड़ लिए, "पार्वती।"

पार्वती ने देवदास के पैरों पर सिर रखकर रुंधे गले से कहा, "देव भैया, मुझे यहीं थोड़ा-सा स्थान दे दो।"

कमरे में खामोशी छा गई। देवदास के पैरों पर से बहते हुए आँसू साफ सफेद बिस्तर पर जा गिरे।

कुछ देर बाद देवदास ने पार्वती का सिर ऊपर उठाकर कहा, "पार्वती, क्या मेरे सिवा तुम्हारे लिए और कोई उपाय नहीं है?"

पार्वती कुछ न बोली। वह उसी तरह देवदास के पैरों पर सिर रखे पड़ी रही। उस निस्तब्ध कमरे में केवल उसकी आँसुओं से भीगी व्याकुल साँस की आवाज ही लहरा-लहराकर गूँज रही थी। टन-टन करके घड़ी में दो बज गए।

देवदास ने पुकारा, "पारो...।"

पार्वती ने रुंधे गले से कहा, "क्या?"

"तुमने सुना है कि माता-पिता सहमत नहीं हैं।"

पार्वती ने सिर हिलाकर उत्तर दिया, "हाँ सुना है।"

इसके बाद फिर दोनों चुप हो गए। कुछ देर बीत जाने पर देवदास ने लम्बी साँस लेकर कहा, "तो फिर ऐसी बातें क्यों करती हो?"

जिस तरह जल में डूबने पर मनुष्य मिट्टी तक को खूब कसकर पकड़ लेता है, उसे किसी तरह छोड़ना नहीं चाहता, ठीक उसी तरह पार्वती ने भी देवदास के दोनों पैर कसकर पकड़ रखे थे।

देवदास के मुख की ओर देखकर बोली, "देव भैया, यह बात मैं किसी भी तरह नहीं जानना चाहती।"

"पार्वती, क्या मैं माता-पिता की इच्छा का विरोध करूँ?"

"इसमें दोष ही क्या है?"

"तो फिर तुम कहाँ रहोगी?"

पार्वती ने रोते हुए कहा, "तुम्हारे चरणों में।"

फिर दोनों कुछ देर तक चुपचाप बैठे रहे। घड़ी में चार बज गए। गर्मियों की रात थी। थोड़ी ही देर में सवेरा होने वाला था। देवदास पार्वती का हाथ पकड़कर कहा, "चलो, तुम्हें घर पहुँचा आऊँ।"

"मेरे साथ चलोगे?"

"इसमें हानि ही क्या है? यदि बदनामी होगी तो कुछ उपाय भी हो जायगा।"

"तो फिर चलो।"

दोनों बिना कोई आहट किए चुपचाप बाहर निकल आए।

सातवाँ परिच्छेद

दूसरे दिन पिता के साथ देवदास की थोड़ी देर तक कुछ बातचीत हुई।

पिता ने कहा, "तुम सदा से मुझे परेशान करते आए हो। जितने दिन जिंदा रहूँगा तुम उतने दिन मुझे इस तरह परेशान करते रहोगे। तुम्हारे मुँह से ऐसी बात निकली, मुझे आश्चर्य नहीं हुआ।"

देवदास सिर झुकाए चुपचाप बैठा रहा।

पिता ने कहा, "मैं इन बातों में नहीं पड़ता। जो कुछ करना हो वह तुम और तुम्हारी माँ दोनों मिलकर कर लो।"

देवदास की माँ ने यह बात सुनकर रोते हुए कहा, "बेटा, यह भी मेरे ही भाग्य में बदा था।"

उसी दिन देवदास बोरिया-बिस्तर बाँधकर कलकत्ता चला गया।

यह सुनकर पार्वती निर्मम हँसी हँसकर चुप हो रही। पिछली रात की बात कोई जानता नहीं और उसने किसी से नहीं कही।

"पार्वती सुना है देवदास कलकत्ता चले गए?" मनोरमा ने आकर पूछा।

"हाँ।"

"तो फिर तेरे बारे में क्या किया?"

वह स्वयं नहीं जानती थी, दूसरे को क्या बताती? आज कई दिनों से वह बराबर यही सोचती आ रही है। फिर भी किसी तरह निश्चित नहीं कर सकी कि उसे आशा कितनी है और निराशा कितनी। ऐसे समय में जब मनुष्य को आशा-निराशा का कोई मूल किनारा दिखाई नहीं देता तब दुर्बल मन डर के मारे आशा की दिशा को ही खूब कसकर पकड़े रहता है। जिस बात के होने में उसका मंगल है उसी बात की वह आशा करता है। चाहे इच्छा से हो या अनिच्छा से, वह उसी ओर बड़ी उत्सुकता से देखना चाहता है। इस हालत में पार्वती भी बहुत कुछ जोर लगाकर आशा कर रही थी कि कल रात वाली बात अगर नहीं सफल होगी, निष्फल होने पर उसकी क्या दशा होगी। इसका विचार उसकी चिंता की सीमा से बाहर हो गया था। इसीलिए वह सोच रही थी कि देव भैया फिर आएँगे

और पुकार कर कहेंगे, "पारो, जहाँ तक मेरा वश चलेगा, मैं तुम्हें दूसरे के हाथों में नहीं देने दूँगा।"

लेकिन दो दिन बाद ही पार्वती को पत्र मिला–

"पार्वती, आज दो दिन से केवल तुम्हारे बारे में ही सोच रहा हूँ। माता–पिता में से किसी की भी इच्छा नहीं है कि हम दोनों का विवाह हो। तुम्हें सुखी करने के लिए उन लोगों को जो असहनीय आघात पहुँचाना होगा, मैं उसे बर्दाश्त नहीं कर सकता। इसके अलावा उन लोगों के विरुद्ध होकर यह काम मैं कर ही कैसे सकूँगा। तुम्हें फिर कभी पत्र लिख सकूँगा, इसकी कोई संभावना नहीं है। इसलिए इस पत्र में सब कुछ खोलकर लिख रहा हूँ। तुम्हारा घर नीचा है। खरीदने–बेचने वाले घर की लड़की को माँ किसी भी तरह अपने घर में नहीं लाएगी। और घर के पास समधियाना होना तो उन्हें बहुत ही अनुचित जान पड़ता है। बाबूजी की बात तो तुम जानती ही हो। उस रात की बात याद करके मुझे बहुत ही क्लेश हो रहा है। क्योंकि इस बात को मैं बहुत ही अच्छी तरह जानता हूँ कि तुम्हारी जैसी स्वाभिमानी लड़की ने कितनी बड़ी व्यथा से विवश होकर यह काम किया था।"

"एक बात और भी है। यह बात मेरे ध्यान में कभी नहीं आई कि मैं तुम्हें अत्यधिक चाहता हूँ। आज भी मुझे तुम्हारे लिए कुछ अधिक दुःख नहीं हो रहा, दुःख है तो केवल इस बात का कि तुम मेरे कारण कष्ट पाओगी। कोशिश करके मुझे भूल जाना। मैं हृदय से आशीर्वाद देता हूँ कि तुम्हें इसमें सफलता मिलेगी।"

यह पत्र जब तक देवदास ने लेटर बॉक्स में छोड़ा था तब तक वह एक बात सोचता रहा था। लेकिन लेटर बॉक्स में डालने के तत्काल बाद दूसरी बात सोचने लगा। अपने हाथ का ढेला फेंकने के बाद वह एक–टक उसी ओर देखता रहा। उसके मन में एक अज्ञात शंका धीरे–धीरे जड़ पकड़ रही थी। वह सोच रहा था कि यह ढेला पारो के सिर पर किस तरह पड़ेगा? क्या उसे बहुत जोरों की चोट लगेगी? वह बच तो जाएगी? पोस्ट ऑफिस से घर लौटते समय रास्ते में हर कदम पर देवदास यही सोचता रहा कि उस रात मेरे पैरों पर सिर रखकर पार्वती कितना रोई थी। क्या यह अच्छा काम हुआ? और सबसे बढ़कर देवदास यह सोच रहा था कि जब पार्वती निर्दोष है तो फिर मेरे माता–पिता क्यों इनकार करते हैं? कुछ तो वयस्क होने के कारण और कुछ कलकत्ता में रहने के कारण अब यह बात उसकी समझ में आने लगी थी कि केवल लोक दिखावे, कुल मर्यादा और हीन विचारों पर निर्भर रहकर व्यर्थ ही किसी के प्राणों का नाश नहीं करना चाहिए। यदि पार्वती जीना न चाहे, हृदय की ज्वाला शांत करने के लिए दौड़कर नदी के जल में कूद जाए तो क्या परमात्मा की दृष्टि में यह महापाप न होगा!

अपने डेरे पर आकर देवदास अपने कमरे में लेट गया। आजकल वह एक मेस में रह रहा था। अपने मामा के यहाँ रहना उसने बहुत दिनों से छोड़ दिया था। वहाँ उसे सुविधा नहीं मिलती थी।

जिस कमरे में देवदास रहता है उसके साथ वाले कमरे में चुन्नीलाल नाम का एक युवक पिछले लगभग नौ वर्ष से रह रहा है। केवल बी.ए. पास करने के लिए उसने इतना लम्बा समय कलकत्ते में बिताया है। लेकिन अभी तक वह बी. ए. पास नहीं कर सका। इसलिए उसे अब भी यहीं रहना पड़ रहा है। चुन्नीलाल रोजाना की तरह शाम की सैर करने निकला है। अब सवेरे ही लौटेगा। डेरे में अभी और कोई नहीं आया है।

नौकरानी आकर दीपक जला गई। देवदास कमरे का दरवाजा बंद करके लेट गया।

इसके बाद एक-एक करके सभी लोग लौट आए। भोजन के समय लोगों ने देवदास को पुकारा लेकिन वह नहीं उठा।

रात का एक बज गया है। डेरे में देवदास के सिवा सब लोग सोए पड़े थे। चुन्नीलाल लौटकर आया और देवदास के कमरे के सामने पहुँचकर रुक गया। उसने देखा–दरवाजा बंद है। लेकिन अन्दर रोशनी हो रही है उसने पुकारा, "देवदास जाग रहे हो?"

देवदास ने लेटे-लेटे ही उत्तर दिया–"हाँ!... आज इतनी जल्दी आ गए?"

"हाँ, आज शरीर कुछ ठीक नहीं है।" चुन्नीलाल ने हँसकर उत्तर दिया और चला गया।

कुछ देर बाद उसने लौटकर कहा, "देवदास, जरा दरवाजा खोल सकते हो?"

"हाँ-हाँ, खोल सकता हूँ। क्यों?"

"तम्बाकू का इन्तजाम है।"

"हाँ है।" देवदास ने दरवाजा खोल दिया।

चुन्नीलाल ने तम्बाकू भरते हुए पूछा, "देवदास, तुम अभी तक क्यों जाग रहे हो?"

"नींद क्या रोजाना आया करती है?"

"नहीं आती?" चुन्नीलाल ने उपहास भरे स्वर में कहा, "मैं तो समझता था कि तुम्हारे जैसे अच्छे लड़के आधी रात का मुँह कभी नहीं देखते होंगे। आज नई बात का पता चला है।"

देवदास ने कोई उत्तर नहीं दिया। चुन्नीलाल ने मजे से तम्बाकू पीते हुए कहा, "देवदास, जबसे तुम गाँव से लौटकर आए हो तब से ऐसा लगता है कि तुम्हारा मन स्थिर नहीं है। कोई दुःख है?"

देवदास अनमना हो गया। उसने कोई उत्तर नहीं दिया।

"तुम्हारा मन ठिकाने नहीं है। क्यों यही बात है न?"

अचानक देवदास उठकर बिस्तर पर बैठ गया और बेचैनी से उसके मुँह की ओर देखकर बोला, "चुन्नी बाबू! क्या तुम्हारे मन में कोई क्लेश नहीं है?"

चुन्नीलाल हँस पड़ा।

"इस जीवन में कभी कोई दुःख नहीं हुआ?"

"आखिर यह क्यों पूछ रहे हो?"

"मुझे सुनने का शौक है।"

"तो फिर किसी दिन सुन लेना।"

देवदास ने पूछा, "चुन्नीलाल, तुम रात भर कहाँ रहते हो?"

चुन्नीलाल ने मुस्कराते हुए कहा, "क्या तुम नहीं जानते?"

"जानता तो हूँ, लेकिन ठीक तरह से नहीं जानता।"

चुन्नीलाल का चेहरा खुशी से चमक उठा। इस प्रकार की आलोचनाओं में चाहे और कुछ न हो फिर भी आँखों देखे की लाज होती है। लेकिन चुन्नीलाल एक लम्बे अभ्यास के कारण उसे भी तिलांजलि दे चुका है। उसने कौतुक के साथ आँखें मूँदकर कहा, "देवदास अच्छी तरह जानने के लिए ठीक मेरे जैसा बनना जरूरी है। कल हमारे साथ चलोगे?"

देवदास कुछ सोचता रहा फिर बोला, "सुना है, वहाँ खूब आनन्द आता है? लोग अपना दुःख भूल जाते हैं। क्या यह सच है?"

"सोलहो आने सच है।"

"अगर ऐसा है तो मुझे भी ले चलना। मैं चलूँगा।"

दूसरे दिन शाम होने से कुछ पहले ही चुन्नीलाल ने देवदास के कमरे में पहुँचकर देखा, वह बहुत जल्दी-जल्दी अपना सामान बाँध रहा है। हैरान होकर पूछा, "यहा क्या? चलोगे नहीं?"

देवदास ने बिना देखे कहा, "हाँ-हाँ चलूँगा क्यों नहीं।"

"तब यह सब क्या कर रहे हो?"

"जाने का इन्तज़ाम कर रहा हूँ।"

चुन्नीलाल ने सोचा, तैयारी बुरी नहीं है। फिर पूछा, "क्या सारा घर-बार भी साथ ही ले चलोगे?"

"फिर किसके पास छोड़ जाऊँगा?"

चुन्नीलाल समझ नहीं पाया, बोला, "मैं अपना सारा सामान किसके पास रख जाता हूँ? सारा सामान यहीं वासे में पड़ा रहता है।"

देवदास ने सहसा होश में आँखें खोलकर कुछ लज्जित होकर कहा, "चुन्नी बाबू, मैं आज घर जा रहा हूँ।"

"क्यों? कब लौटोगे?"

"मैं अब नहीं आऊँगा।"

चुन्नीलाल चकित होकर उसकी ओर देखने लगा। देवदास बोला, "ये रुपये रख लो। मेरे जिम्मे लोगों का जो कुछ बाकी हो, चुका देना। अगर कुछ बचा रहे तो वासे के नौकर और नौकरानी को बांट देना। अब मैं कलकत्ता कभी नहीं आऊँगा।"

फिर मन-ही-मन बोला, कलकत्ता आने से बहुत कुछ चला गया। आज यौवन के कुहासे से भरे अन्धकार को चीरकर जैसे उसे दिखाई दे रहा था कि उस दुर्दान्त दुर्विनीत किशोरावस्था का वह बिना माँगा पैरों में पड़ा रत्न इस महानगर की तुलना में कहीं अधिक महान और मूल्यवान है।

फिर चुन्नीलाल की ओर देखकर बोला, "चुन्नीबाबू, शिक्षा, विद्या, बुद्धि, ज्ञान और उन्नति, जो भी कुछ है, सुख के लिए है। चाहे जिस प्रकार भी देखो। अपना सुख बढ़ाने के अतिरिक्त यह सब और कुछ नहीं है।"

चुन्नीलाल ने उसे बीच में ही रोककर कहा, "तो क्या अब तुम पढ़ाई छोड़ दोगे?"

"जरूर। आगर मुझे पहले यह मालूम होता कि मेरी इतनी बड़ी हानि के बदले मेरा केवल इतना ही पढ़ना-लिखना हो सकेगा तो मैं भूल कर भी कलकत्ते का मुँह न देखता।"

"आखिर तुम्हें हो क्या गया है?"

"फिर कभी मुलाकात हुई तो बताऊँगा।"

रात के लगभग नौ बजे थे। वासे के सब लोगों ने और चुन्नीलाल ने आश्चर्य से देखा। देवदास अपना सारा सामान गाड़ी पर रखवाकर और वासा छोड़कर मानो हमेशा के लिए अपने घर चला गया।

उसके जाने के बाद चुन्नीलाल ने नाराज होकर कहा, "इस तरह के रंगे सियारों को कोई जल्दी नहीं पहचान सकता।"

आठवाँ परिच्छेद

सदैव सावधान और चौकन्ने रहने वाले लोगों का स्वभाव होता है कि वे केवल एक बार देखकर ही किसी वस्तु के दोष या गुण के संबंध में अपनी सम्मति या असम्मति प्रकट नहीं करते। हर प्रकार पूरी तरह विचार किए बिना वे कोई भी धारणा नहीं बनाते। दो ओर देखकर चारों ओर की बात नहीं कहते। लेकिन एक और प्रकार के भी लोग होते हैं जो इनसे बिल्कुल उलटे होते हैं। ऐसे लोगों में किसी विषय में अधिक देर तक विचार करने का धैर्य नहीं होता। जहाँ उनके हाथ में कोई चीज आई कि तत्काल निश्चय कर डालते हैं कि यह अच्छी है अथवा बुरी है। किसी बात की तह तक पहुँचकर उसे देखने के लिए कितने परिश्रम की आवश्यकता होती है, उसका काम ये लोग अपने विश्वास के जोर पर ही चला लेते हैं। इस प्रकार के लोग संसार में कुछ अधिक काम न कर पाते हों, ऐसा नहीं है। अनेक अवसरों पर ये लोग दूसरों की अपेक्षा अधिक काम कर जाते हैं। यदि भाग्य साथ दे जाए तो यह लोग उन्नति के सर्वोच्च शिखर पर दिखाई पड़ते हैं और अगर भाग्य साथ न दे तो अवनति के गहरे खड्ड में गिरकर सदा-सर्वदा के लिए नष्ट हो जाते हैं। न वे उठ सकते हैं, न बैठ सकते हैं और न वे प्रकाश की ओर ही देखते हैं बस निश्चल और बेजान ढेर की तरह पड़े रहते हैं।

देवदास भी इसी श्रेणी का युवक था।

दूसरे दिन सुबह ही वह घर पहुँच गया।

माँ ने चकित होकर पूछा, "देवदास क्या कॉलेज में फिर छुट्टियाँ हो गईं?"

देवदास 'हाँ' में उत्तर दे अनमना-सा चला गया। पिता के पूछने पर भी वह इसी तरह कन्नी काटकर चला गया।

पिता ने ठीक तरह समझ न पाने के कारण पत्नी से पूछा। पत्नी ने अकल लड़ाकर कहा, "अभी तक गर्मी कम नहीं हुई है। इसलिए फिर छुट्टी हो गई है।"

दो दिन तक देवदास छटपटाता हुआ इधर-उधर घूमता रहा, क्योंकि जो कुछ वह चाहता था वह हो नहीं रहा था। पार्वती के साथ एकांत में उसकी भेंट नहीं

हुई। दो दिन बाद पार्वती की माँ ने देवदास को देखकर कहा, "बेटा, अगर तुम आ ही गए हो तो पार्वती के ब्याह तक ठहर जाओ।"

"अच्छा", देवदास ने कहा।

दोपहर को भोजन आदि समाप्त हो जाने पर पार्वती रोजाना पानी भरने के लिए तालाब पर जाया करती है। बगल में पीतल की कलसी लेकर आज भी वह घाट पर जाकर खड़ी हो गई। देखा, पास ही एक बेर के पेड़ की आड़ में देवदास पानी में बंसी डाले बैठा है। एक बार जी में आया, लौट चलूँ। फिर सोचा, चुपचाप पानी भरकर चली जाऊँ। लेकिन वह दोनों में से एक काम भी जल्दी न कर सकी। जब वह कलसी घाट पर रखने लगी तो आहट हो गई जिसे सुनकर देवदास ने सिर उठाकर उसकी ओर देखा। हाथ का इशारा करते हुए पुकार कर कहा, "पारो, जरा सुनो।"

पार्वती धीरे-धीरे उसके पास ज़ा खड़ी हुई। देवदास ने केवल एक बार सिर ऊपर उठाया। फिर बहुत देर तक सूनी नजरों से जल की ओर देखता रहा।

पार्वती बोली-"देव भैया, मुझसे कुछ कहना है।"

देवदास ने बिना किसी ओर देखे कहा, "हाँ बैठो!"

लेकिन पार्वती बैठी नहीं। केवल सिर नीचा किए खड़ी रही। जब कुछ देर तक कोई बात नहीं हुई तब पार्वती धीरे-धीरे पैर बढ़ाती घाट की ओर लौटने लगी। देवदास चुपचाप बैठा रहा। थोड़ी देर बाद घूमकर देखा, पार्वती जाना चाहती है। तब वह बंसी किनारे पर रखकर घाट के पास आ खड़ा हुआ और बोला, "मैं आ गया हूँ।"

पार्वती ने कलसी जमीन पर रखी लेकिन कुछ बोली नहीं।

"मैं आ गया हूँ पारो।"

पार्वती पहले तो कुछ देर चुप रही फिर बहुत ही कोमल स्वर में बोली "क्यों?"

"तुमने लिखा था, याद नहीं?"

"नहीं।"

"यह क्या पारो, उस रात की बात याद नहीं आ रही?"

"याद तो है। लेकिन अब उस बात से क्या सरोकार।"

उसका कंठ-स्वर स्थिर लेकिन बहुत ही रूखा था। देवदास ने उसका भेद न समझकर कहा, "मुझे क्षमा कर दो पारो। तब मैंने इतना नहीं समझा था।"

"चुप रहो। अब मुझे वे सब बातें सुनना भी अच्छा नहीं लगता।"

"जिस तरह भी होगा, मैं माता-पिता को राजी कर लूँगा। केवल तुम...?"

पार्वती ने देवदास की ओर तीखी नजर से देखकर कहा, "तुम्हारे माता-पिता हैं और मेरे नहीं हैं। उनके राजी होने या न होने की जरूरत नहीं है।"

देवदास ने लज्जित होकर कहा, "हाँ, हैं क्यों नहीं पारो। लेकिन उन्हें तो इससे इनकार नहीं है। केवल तुम...!" देवदास ने हँसने को व्यर्थ प्रयास करते हुए कहा-"नहीं जी, उनकी जरा भी असम्मति नहीं है। इसे मैं अच्छी तरह जानता हूँ। केवल तुम...!"

पार्वती बीच में ही तेजी से बोल उठी, "केवल मैं? तुम्हारे साथ थी।"

पलक झपकते ही देवदास की दोनों आँखें आग की तरह धधक उठीं, कठोर स्वर में बोला, "पार्वती, क्या तुम मुझे भूल गई?"

पार्वती पहले कुछ ठिठकी। फिर तुरन्त ही अपने-आपको संभालकर शांत लेकिन दृढ़ता भरे स्वर में बोली, "नहीं, भूलूँगी क्यों? बचपन से तुम्हें देखती आ रही हूँ। जब से होश संभाला है तभी से तुमसे डरती आ रही हूँ। सो इसीलिए तुम मुझे डर दिखाने आए हो। लेकिन क्या तुम मुझे नहीं पहचानते?"

यह कहकर वह बड़े निर्भीक भाव से उसे देखती हुई खड़ी रही।

पहले तो देवदास के मुँह से कोई बात नहीं निकली। फिर कुछ देर बाद बोला, "हमेशा ही मुझसे डरती रही हो। और कुछ नहीं?"

पार्वती ने दृढ़ स्वर में कहा, "नहीं, और कुछ भी नहीं।"

"सच कहती हो?"

"हाँ, सच ही कहती हूँ। तुम पर मेरी जरा-सी भी श्रद्धा नहीं है। मैं जिनके पास जा रही हूँ, वे धनवान, बुद्धिमान, शांत और स्थिर स्वभाव के हैं। धार्मिक हैं। मेरे माता-पिता मेरा शुभ चाहते हैं। इसीलिए वे मुझे तुम्हारे जैसे अज्ञान, चंचल मन और कठोर व्यक्ति के हाथ कभी किसी भी तरह नहीं सौपेंगे। हटो, मेरा रास्ता छोड़ दो।"

पहले तो देवदास ने इधर-उधर देखा। एक बार जैसे रास्ता छोड़ने के लिए तैयार भी हो गया। लेकिन फिर तुरंत ही दृढ़ता से मुँह ऊपर उठा कर बोला, "इतना अहंकार?"

पार्वती ने कहा, "क्यों नहीं होगा? तुम अहंकार कर सकते हो, मैं नहीं कर सकती? तुममें रूप है, गुण नहीं है। मुझमें रूप भी है और गुण भी है, तुम लोग बड़े आदमी हो लेकिन मेरे पिता भी भीख माँगते नहीं फिरते। इसके अतिरिक्त आगे चलकर मैं स्वयं भी किसी भी तरह तुम लोगों के मुकाबले हीन नहीं रहूँगी। जानते हो?"

देवदास अवाक् रह गया।

पार्वती ने फिर कहा, "तुम सोच रहे हो कि तुम मुझे बहुत हानि पहुँचा सकते हो। अधिक न सही, कुछ तो पहुँचा ही सकते हो–यह मैं जानती हूँ। अच्छा वही करो, मेरा रास्ता छोड़ दो।"

देवदास ने हत्बुद्धि होकर पूछा, "हानि किस तरह पहुँचाऊँगा?"

पार्वती ने तत्काल उत्तर दिया, "मेरी बदनामी करके। जाओ बदनामी ही कर लेना।"

यह सुनकर देवदास तिलमिला उठा। उसके मुँह केवल इतना ही निकला, "मैं तुम्हारी बदनामी करूँगा?"

पार्वती ने विष जैसी जहरीली हँसी हँसकर कहा, "जाओ, अंतिम समय में मेरे नाम पर कलंक की घोषणा कर दो। उस रात मैं तुम्हारे पास अकेली गई थी। यही बात चारों ओर सब पर प्रकट कर दो। इससे तुम्हें बहुत कुछ संतोष हो जाएगा।"

कहते–कहते पार्वती के गर्व और क्रोध से भरे होठ काँपते–काँपते रुक गए।

लेकिन देवदास के हृदय का भीतरी भाग मारे क्रोध और अपमान के ज्वालामुखी की तरह भीषण हो उठा। उसने अस्पष्ट स्वर में कहा, "तुम्हारे नाम पर मिथ्या कलंक लगाकर मैं अपने मन में संतोष प्राप्त करूँगा?"

और दूसरे ही पल बंसी की मोटी मुठिया खूब जारे से घुमाते हुए कठोर तथा भयानक स्वर में बोला, "सुनो पार्वती, इतना सुंदर होना अच्छा नहीं है, इससे अहंकार बहुत बढ़ जाता है।" और फिर स्वर धीमा करके बोला, "देखती नहीं। चन्द्रमा में अत्यधिक सौंदर्य है, इसीलिए उस पर काला दाग है। कमल कितना सफेद है इसीलिए उस पर भँवरा बैठा रहता है। आओ, तुम्हारे मुँह पर भी कलंक का कुछ चिह्न लगा दूँ।"

देवदास की सहन–शक्ति सीमा पार कर चुकी थी। उसने मुट्ठी में मजबूती से कसी बंसी की मुठिया घुमाकर पार्वती के सिर पर खूब जोर से दे मारी। पार्वती का माथा भौंह के नीचे तक चिरा चला गया। पलक झपकते ही उसका सारा चेहरा खून से तर हो गया।

पार्वती जमीन पर लोटने लगी, "अरे देव भैया, यह तुमने क्या किया?"

देवदास ने बंसी के टुकड़े–टुकड़े करके पानी मे फेंकते हुए बहुत ही स्थिर भाव से उत्तर दिया, "अधिक कुछ नहीं बहुत मामूली–सा सिर्फ कट गया है।"

देवदास ने अपने पतले कुर्ते में से थोड़ी–सी धज्जी फाड़कर और उसे पानी में भिगोकर पार्वती के माथे पर बाँधते हुए कहा, "पारो, इसमें डरने की क्या बात

है। यह चोट जल्दी ही अच्छी हो जाएगी। केवल निशान रह जाएगा। अगर कभी कोई इसके बारे में पूछे तो कोई झूठी बात बना कर कह देना। नहीं तो सच बोलकर अपने कलंक की बात स्वयं ही प्रकट कर देना।"

"अरी मइया री।"

"छी पारो, ऐसा मत करो। इस अन्तिम विदाई के दिन केवल थोड़ी-सी याद रखने के लिए एक चिह्न बनाए देता हूँ। अपना चाँद-सा मुखड़ा शीशे में देखोगी तो....।"

इतना कहकर देवदास उत्तर की प्रतीक्षा किए बिना ही वहाँ से चलने के लिए तैयार हो गया।

पार्वती ने बेचैन होकर रोते हुए कहा–"अरे देव भैया"

देवदास लौट पड़ा। उसकी आँखों के कोनों में एक बूँद जल था बहुत ही स्नेह भरे स्वर में बोला, "क्या है पारो?"

"देखो, किसी से कहना मत।"

देवदास ज़रा झुका और पार्वती के बालों पर अपने होंठ रखकर बोला, "छी पारो! तुम क्या मेरे लिए पराई हो? तुम्हें याद नहीं, जब तुम बचपन में शरारतें किया करती थीं तो मैंने कितनी ही बार तुम्हारे कान मले थे।"

"मुझे क्षमा कर दो देव भैया।"

"नहीं। तुम्हें यह सब कहने की जरूरत नहीं। पारो, क्या तुम सचमुच ही मुझे एकदम भूल गई हो? मैंने कब तुम पर क्रोध किया है और तुम्हें कब क्षमा नहीं किया?"

"देव भैया....।"

"पार्वती, तुम तो जानती हो कि मैं बहुत अधिक बातें नहीं कर सकता। बहुत सोच-समझ कर भी कोई काम नहीं कर सकता। जब जो मन में आता है, कर बैठता हूँ।"

फिर देवदास ने पार्वती के सिर पर हाथ रखकर उसे आशीर्वाद देते हुए कहा, "तुमने अच्छा ही किया। शायद मेरे पास रहकर तुम सुख न पाती। लेकिन तुम्हारे इस देव भैया को तो अक्षय स्वर्गवास ही मिल जाता।"

तभी घाट पर दूसरी ओर को कोई आता दिखाई दिया। पार्वती धीरे-धीरे उठकर जल में उतर गई। देवदास चला गया।

जब पार्वती घर लौटी तो दिन ढल गया था। दादी ने उसकी ओर देखे बिना ही कहा, "क्यों बेटी, क्या नया तालाब खोदकर पानी लाई हो?"

लेकिन उनके मुँह की बात मुँह में ही रह गई। पार्वती के चेहरे की ओर देखते ही वह चिल्ला उठीं-"अरे बाप रे! यह सर्वनाश कैसे हुआ?"

घाव से उस समय भी खून बह रहा था। कपड़े का टुकड़ा खून से लाल हो गया था। दादी ने रोते हुए कहा, "अरी मइया री। पार्वती तेरा तो ब्याह होने वाला है।"

पार्वती ने शांत भाव से कलसी उतारकर रख दी। माँ ने आकर पूछा, "पारो, यह सर्वनाश कैसे हुआ?"

पार्वती ने सहज भाव से उत्तर दिया। घाट पर पाँव फिसल जाने से गिर गई थी, ईंट लग जाने से माथा फट गया है।"

इसके बाद वे दोनों उपचार में जुट गईं।

देवदास ने सच ही कहा था। चोट बहुत गहरी नहीं थी। चार-पाँच दिन में ही घाव सूख गया। आठ दिन इसी तरह बीत गए। इसके बाद एक दिन रात को हाथी पोता गाँव में जमींदार श्रीयुत भुवन मोहन दूल्हा बनकर विवाह करने आ गए। कुछ अधिक धूम-धाम नहीं हुई। भुवन बाबू कोई बच्चे तो थे नहीं। प्रौढ़ अवस्था में दूसरा विवाह करने के लिए आए थे। इसलिए उन्होंने छोकरा बनना उचित नहीं समझा।

वर की उम्र चालीस वर्ष से नीचे नहीं, कुछ ऊपर ही है। गोरा रंग, मोटे-तगड़े, नन्द के दुलारे कृष्ण जैसा शरीर, कच्ची-पक्की मूछें, सिर पर सामने की ओर थोड़ी दूर तक के बाल उड़े हुए। वर को देखकर कोई हँसा, कोई चुप रह गया। भुवन बाबू शांत और गंभीर चेहरे से जैसे किसी अपराधी की तरह विवाह मंडप में जा खड़े हुए। छोटी उम्र के वरों के कान जिस तरह मले जाते हैं और उन पर तरह-तरह के जो अत्याचार किए जाते हैं, वह सब उनके साथ बिल्कुल नहीं हुआ। क्योंकि ऐसे गंभीर और समझदार आदमी के कान मलने के लिए किसी का हाथ ही नहीं उठा। शुभ दृष्टि की रस्म के समय पार्वती उन्हें देखकर कुछ कसमसाती-सी रह गई। उसके होंठों के कोने पर हँसी की एक रेखा थी। भुवन बाबू ने लड़कों की तरह आँखें नीची कर लीं। टोले-मुहल्ले की स्त्रियाँ खिलखिलाकर हँस पड़ीं। चक्रवर्ती महाशय इधर-उधर दौड़ धूप करने लगे। अनुभवी जमींदार नारायण मुकर्जी लड़की वालों की ओर से घर के मालिक बने हैं। पक्के आदमी ठहरे इसलिए उन्होंने किसी भी ओर से किसी बात की कमी न रहने दी। शुभ कार्य निर्विघ्न समाप्त हो गया।

दूसरे दिन सुबह चौधरी महाशय ने जेवरों को एक बॉक्स निकालकर दिया। जेवरों से पार्वती का पूरा शरीर झिलमिला उठा। यह देख पार्वती की माँ ने आंचल

से आँखों की कोर पोंछ ली। पास ही जमींदार की पत्नी भी खड़ी थीं। उन्होंने बड़े स्नेह भरे स्वर में उन्हें रोकते हुए कहा, "देखो बहन, इस समय रोकर अमंगल मत करना।"

संध्या से कुछ पहले मनोरमा पार्वती को खींचकर एक सूनी कोठरी में ले गई और उसे आशीर्वाद देती हुई बोली, "जो हुआ, अच्छा ही हुआ। अब देखना है कितने सुख से रहती हो।"

पार्वती हल्की हँसी के साथ बोली, "हाँ सुख से ही रहूँगी। कल उनके साथ थोड़ा-सा परिचय हो गया है?"

"हैं? यह क्या कह रही हो?"

"समय आने पर देख लोगी।"

मनोरमा ने विषय बदलकर कहा, "जी चाहता है एक बार देवदास को बुला लाऊँ और सोने की प्रतिमा दिखाऊँ।"

पार्वती चौंक पड़ी, "ला सकोगी बहन? क्या उन्हें एक बार बुलाकर नहीं लाया जा सकता?"

उसका कंठ-स्वर सुनकर मनोरमा सिहर उठी। उसने पूछा–"क्यों पार्वती।"

पार्वती अपने हाथ का कंगन घुमाते हुए खोई-खोई-सी बोली, "एक बार उनके चरणों की धूल अपने मस्तक पर लगाऊँगी–आज मैं जा रही हूँ न।"

मनोरमा ने पार्वती को खींचकर गले से लगा लिया। दोनों मिलकर रोने लगीं।

शाम हो गई। घर में अँधेरा छा गया। दासी ने बाहर से दरवाजे पर धक्का देते हुए कहा, "अरे पारो, मानो, बाहर आओ जरा।"

उसी रात को पार्वती अपने पति के घर चली गई।

नौवाँ परिच्छेद

और देवदास ने वह रात कलकत्ता के ईडन गार्डन की एक बेंच पर बैठ कर बिता दी। यह बात नहीं कि उसे अत्यधिक मानसिक कष्ट हो रहा था या पीड़ा से कलेजा फटा जा रहा था। न जाने कैसी विचित्र-सी उदासीनता उसके मन पर छाती चली जा रही थी। यदि सोते समय पक्षाघात हो जाए तो जिस तरह नींद टूटने पर उस अंग पर ढूँढ़ने पर भी कोई अधिकार नहीं पाया जाता और आश्चर्यचकित मन जल्दी से निर्णय नहीं करता कि उसका जन्म का साथी और विश्वस्त अंग उसके आवाज देने पर भी कोई उत्तर नहीं दे रहा। फिर धीरे-धीरे यह बात समझ में आने लगती है, धीरे-धीरे ज्ञान होने लगता है कि अब यह अंग हमारा नहीं रहा, ठीक इसी तरह देवदास भी समझता जा रहा था कि मेरे संसार को अचानक ही लकवा मार गया है। और अब उससे हमेशा के लिए मेरा रिश्ता टूट गया है। अब उस पर क्रोध करना या रूठना बेकार है। पुराने अधिकार की बात सोचना भी भूल ही होगी।

सूर्योदय का समय हो चुका था। देवदास उठकर खड़ा हो गया और सोचने लगा कि कहाँ जाए? अचानक उसे अपना पुराना वासा याद आ गया। वहाँ चुन्नीलाल है। वह उसी ओर चल पड़ा। रास्ते में उसने दो बार ठोकर खाई। ठोकर से उँगली लहूलुहान हो गई। लड़खड़ाकर एक आदमी के ऊपर गिरने लगा तो उसने शराबी समझकर धकेल दिया। इस तरह घूमता-फिरता दिन छिपे वासे के दरवाजे पर पहुँचा। उस समय चुन्नी बाबू सज-धजकर घूमने के लिए निकल रहे थे।

"अरे क्या देवदास है?"

देवदास चुपचाप उसे देखता रहा।

"कब आए? तुम्हारा मुँह तो सूखा हुआ है। स्नान, भोजन आदि लगता है कुछ नहीं हुआ है-क्या बात है?"

देवदास रास्ते में ही बैठा जा रहा था। चुन्नीलाल हाथ पकड़कर अंदर ले गया। अपने पलंग पर बैठाकर उसे तसल्ली देकर पूछने लगा, "देवदास, आखिर बात क्या है?"

"कल घर से आया हूँ।"

"कल? तो फिर दिनभर कहाँ रहे?... और रात भर कहाँ रहे?"

"ईडन गार्डन में।"

"क्या पागल हो गए हो? हुआ क्या है? बताओ तो सही।"

"क्या करोगे सुनकर?"

"न बताओ। पहले खा-पी लो। तुम्हारा सामान कहाँ है?"

"कुछ भी नहीं लाया।"

"अच्छा छोड़ो। चलो पहले खाना खा लो।"

चुन्नीलाल ने जबर्दस्ती देवदास को कुछ खिला-पिलाकर अपने बिस्तर पर लेटने के लिए कहा और दरवाजा बंद करते हुए बोला, "सोने की कोशिश करो। मैं रात को आकर तुम्हें उठा दूँगा।"

यह कहकर चुन्नीलाल चला गया।

रात को लगभग दस बजे लौटकर उसने देखा, देवदास गहरी नींद में सोया पड़ा है। उसे न जगाकर एक कम्बल खींचकर जमीन पर चटाई बिछाकर सो गया।

सारी रात बीत गई लेकिन देवदास की नींद नहीं खुली। यहाँ तक कि दिन निकल आने पर भी वह नहीं जागा।

दिन के दस बजे उसकी आँख खुली। उठकर बोला, "तुम कब आए चुन्नी बाबू?"

"बस! अभी आया हूँ। तुम्हें कोई तकलीफ तो नहीं हुई?"

"नहीं, बिल्कुल नहीं।"

देवदास कुछ देर तक चुन्नीलाल की ओर देखता रहा, फिर बोला, "चुन्नीबाबू, इस समय मेरे पास कुछ भी नहीं है। क्या मेरा पालन कर सकोगे?"

चुन्नीलाल हँस पड़ा। वह जानता था कि देवदास के पिता बहुत बड़े जमींदार हैं। हँसकर बोला, "मैं तुम्हारा पालन करूँगा? अच्छी बात है। जब तक तुम्हारी इच्छा हो, यहाँ रहो। चिंता की कोई बात नहीं है।"

"चुन्नीबाबू तुम्हारी आमदनी कितनी है?"

"भाई, मेरी आमदनी बहुत ही मामूली-सी है। घर पर थोड़ी-सी ज़मीन-जायदाद है। उसे बड़े भाई के पास गिरवी रखकर यहाँ रह रहा हूँ...?" वह हर महीने सत्तर रुपए मुझे भेज देते हैं। इससे हम दोनों का खर्च मजे में चल जाएगा।"

"तुम घर क्यों नहीं जाते?"

चुन्नीलाल ने थोड़ा-सा मुँह फेरकर कहा, "बहुत-सी बातें हैं।"

देवदास ने फिर और कुछ नहीं पूछा। कुछ देर बाद भोजन के लिए पुकार हुई। दोनों ने नहा-धोकर भोजन किया और कमरे में आ बैठे।

"क्यों देवदास, पिता के साथ झगड़ा हो गया है क्या?" चुन्नीलाल ने पूछा।

"नहीं।"

"और किसी के साथ?"

देवदास ने उसी तरह उत्तर दिया,

"नहीं।"

सहसा चुन्नीलाल को एक बात याद आ गई। बोला, "ओहो, अभी तो तुम्हारा विवाह ही नहीं हुआ।"

देवदास दूसरी ओर मुँह फेरकर लेट गया।

थोड़ी देर बाद चुन्नीलाल ने देखा, वह सो गया है।

इसी प्रकार सोते-सोते दो दिन और बीत गए। तीसरे दिन सवेरे देवदास स्वस्थ होकर उठ बैठा। लगा, जैसे उसके चेहरे पर छाई हुई काली छाया काफी छंट गई हो।

"कैसी तबियत है?" चुन्नीलाल ने पूछा

"जान पड़ता है, बहुत कुछ अच्छी है। अच्छा चुन्नी बाबू, रात को तुम कहाँ जाते हो?"

चुन्नीलाल कुछ लज्जित हो उठा। फिर बोला, "हाँ जाता हूँ। लेकिन इस बात की चर्चा क्यों करते हो। तुम आजकल कॉलेज क्यों नहीं जाते?"

"लिखना-पढ़ना छोड़ दिया।"

"अरे, ऐसा कहीं होता है। दो महीने बाद तुम्हारी परीक्षा होने वाली है तुम्हारी पढ़ाई भी पूरी नहीं हुई है। परीक्षा क्यों नहीं दे देते?"

"नहीं। पढ़ना छोड़ दिया है।"

चुन्नीलाल चुप हो गया।

देवदास ने पूछा, "कहाँ जाते हो? मुझे नहीं बताओगे? मैं भी तुम्हारे साथ चलूँगा।"

चुन्नीलाल ने देवदास की ओर देखकर कहा, "देवदास, तुम क्या जानो? मैं कोई अच्छी जगह नहीं जाता।"

देवदास जैसे अपने-आपसे कहने लगा, "अच्छी और बुरी बेकार की बातें हैं। चुन्नी बाबू, मुझे अपने साथ नहीं ले चलोगे?"

"ले तो चल सकता हूँ। लेकिन तुम वहाँ मत चलो।"

"नहीं, मैं जरूर चलूँगा। अगर अच्छा नहीं लगेगा तो फिर नहीं जाऊँगा। लेकिन तुम तो सुख की आशा से रोजाना ही जाते हो। कुछ भी हो चुन्नी बाबू, मैं जरूर चलूँगा।"

चुन्नीलाल मुँह फेरकर कुछ हँसा और मन-ही-मन बोला, मेरी हालत शायद तुम नहीं देख रहे देवदास।

"अच्छा भाई चलना।"

तीसरे पहर धर्मदास सारा सामान लेकर आ पहुँचा। देवदास को देखकर रोते हुए बोला, "देव भैया, आज तीन-चार दिन से माँ कितनी रो रही है।"

"क्यों भला?"

"तुम बिना कुछ कहे-सुने क्यों चले आए?"

फिर एक पत्र निकालकर देवदास को देते हुए बोला, "यहा माँ की चिट्ठी है।"

चुन्नीलाल भीतरी बात जानने के लिए उत्सुकता से देख रहा था। देवदास ने पत्र पढ़कर रख दिया। माँ ने घर आने को अनुरोध किया है। घर-भर में केवल माँ ही देवदास के अचानक घर से गायब होने के कारण का अनुमान लगा सकी थी। उसने धर्मदास के हाथ चोरी से बहुत से रुपए भी भेजे थे। धर्मदास ने देवदास के हाथ में रुपए देते हुए कहा, "घर चलो देव भैया।"

"नहीं, मैं नहीं जाऊँगा। तुम वापस चले जाओ।"

रात को दोनों मित्र सज-धजकर घर से निकले। इन सब बातों की ओर देवदास की रुचि तो नहीं थी लेकिन चुन्नीलाल किसी तरह भी इस बात पर राजी ही नहीं हुआ कि बिल्कुल मामूली कपड़े पहनकर चला जाए।

रात के लगभग नौ बजे किराए की एक गाड़ी चितपुर में एक दो मंजिला मकान के सामने पहुँचकर रुक गई। चुन्नीलाल ने देवदास का हाथ पकड़कर मकान में प्रवेश किया। मकान मालकिन का नाम था चंद्रमुखी उसने आकर स्वागत किया।

देवदास का समूचा बदन जल उठा। वह स्वयं नहीं जानता था कि कई दिनों से उसे अनजाने ही नारी शरीर की छाया से भी घृणा हो गई थी। चंद्रमुखी को देखते ही मन के भीतर छिपी घृणा दावाग्नि की तरह प्रज्वलित हो उठी। उसने चुन्नी लाल की ओर देखकर भौंहें चढ़ाकर कहा, "चुन्नी बाबू, तुम मुझे किस अभागे स्थान पर ले आए?"

उसकी तीखी आवाज और नजरें देखकर चंद्रमुखी और चुन्नीलाल दोनों

हैरान रह गए। दूसरे ही पल चुन्नीलाल ने अपने-आपको संभालकर देवदास का हाथ पकड़ लिया और बड़ी नर्मी से बोला, "चलो, अंदर चलकर बैठें।"

देवदास ने कोई उत्तर नहीं दिया। कमरे के अंदर जाकर जमीन पर बिछे बिछौने पर बहुत दु:ख भाव से सिर झुकाकर बैठ गया। चंद्रमुखी भी पास ही बैठ गई। नौकरानी चाँदी के हुक्के पर तम्बाकू चढ़ाकर ले आई। देवदास ने उसे छुआ भी नहीं। चुन्नीलाल भारी मुँह किए बैठा रहा। नौकरानी की समझ में ही न आया कि वह क्या करे! अंत में चंद्रमुखी के हाथ में हुक्का देकर चली गई।

चन्द्रमुखी के दो-एक कश खींचने के समय देवदास ने तीखी नजरों से उसके मुँह की ओर देखा और घृणा भरे स्वर में बोला, "कितनी असभ्य है। देखने में भी कितनी भद्दी दिखाई दे रही है।"

इससे पहले बातचीत में कोई भी चंद्रमुखी को छका नहीं सका था। उसे चकित करना बहुत ही कठिन काम था। लेकिन देवदास के आन्तरिक घृणा के भरे सीधे-सादे लेकिन कठोर शब्द उसके अंतर की भीतरी भाग तक बैठते चले गए। पलभर के लिए वह हतबुद्धि-सी हो गई। कुछ पल बाद दो-तीन बार हुक्के की गुड़गुड़ाहट तो सुनाई दी लेकिन धुँआ दिखाई नहीं दिया।

चुन्नीलाल के हाथ में हुक्का देकर उसने एक नजर देवदास पर डाली और चुपचाप बैठी रही। तीनों ही चुप थे। केवल हुक्के की गुड़गुड़ाहट सुनाई दे रही थी लेकिन वह भी डरते-डरते। मित्र-मंडल में कोई तर्क उठने पर जब अचानक ही अकारण झगड़ा हो जाता है। और लोग चुपचाप मन-ही-मन घुमड़ते रहते हैं और खिन्न अंत:करण से झूठ-मूठ कहते रहते हैं, "यही तो।" इसी तरह वे तीनों भी मन-ही-मन कह रहे थे, "यही ना! यह बात कैसे हो गई।"

तीनों में से किसी को भी शांति नहीं मिल रही थी। चुन्नीलाल हुक्का रखकर नीचे उतर गया। कमरे में वे दोनों बैठे रहे। कुछ देर बाद देवदास ने सिर उठाकर पूछा, "तुम रुपए लेती हो?"

चंद्रमुखी सहसा कोई उत्तर न दे सकी। उसकी उम्र चौबीस वर्ष की है। इन नौ-वर्षों में विभिन्न स्वभाव के कितने ही लोगों के साथ उसका परिचय हुआ है। लेकिन ऐसा विलक्षण व्यक्ति उसने पहले कभी नहीं देखा। कुछ रुककर बोली, "आपके चरणों की धूल जब मेरे मकान में आकर पड़ी है...?"

देवदास ने बात पूरी नहीं होने दी। बीच में ही बोल उठा, "चरणों की बात नहीं पूछता। रुपए लेती हो ना?"

"हाँ, लेती क्यों नहीं। न लूँ तो हम लोगों का गुजारा कैसे हो।"

"बस रहने दो। अधिक सुनना नहीं चाहता?"

यह कहकर देवदास ने अपनी जेब में हाथ डाला और चंद्रमुखी को देते हुए चलने के लिए कदम बढ़ाया। यह भी नहीं देखा कि नोट कितने रुपए का है।

चंद्रमुखी ने विनीत भाव से कहा, "क्या इतनी जल्दी चले जाएँगे?"

देवदास ने कोई उत्तर नहीं दिया। बाहर बरामदे में आकर खड़ा हो गया।

चंद्रमुखी के मन में एक बार आया कि ये रुपए लौटा दूँ। लेकिन न जाने किस संकोच के कारण न लौटा सकी। जान पड़ता है, उसे डर भी लगा। उन लोगों को इस प्रकार की लांछनाओं, फटकार और अपमान आदि को सहने का अभ्यास होता है। इसलिए वह मौन चौखट पकड़े खड़ी रही।

देवदास सीढ़ियों से उतरने लगा। सीढ़ियों में ही चुन्नीलाल से भेंट हो गई। चकित होकर उसने पूछा, "कहाँ जा रहे हो देवदास?"

"वासे की ओर जा रहा हूँ।"

"क्यों?"

देवदास उत्तर दिए बिना दो-तीन सीढ़ी और उतर गया।

"मैं भी चलता हूँ", चुन्नीलाल ने कहा और देवदास के पास आकर उसका हाथ पकड़कर बोला, "ज़रा ठहरो, मैं ऊपर हो आऊँ।"

"नहीं मैं जाता हूँ। तुम बाद में आ जाना।"

देवदास चला गया।

चुन्नीलाल ने ऊपर आकर देखा, चंद्रमुखी उसी तरह चौखट पकड़े खड़ी है।

"तुम्हारे मित्र चले गए?" उसने पूछा।

"हाँ।"

चंद्रमुखी ने हाथ में थमा नोट दिखाकर कहा, "यह देखो, अगर ठीक समझते हो तो लेते जाओ। लौटा देना।"

चुन्नीलाल ने कहा, "वह अपनी इच्छा से दे गया है। वापस क्यों ले जाऊँ।"

इतनी देर के बाद चंद्रमुखी कुछ हँसी। लेकिन उस हँसी में उल्लास नहीं था। बोली, "अपनी इच्छा से नहीं। बल्कि हम लोग रुपए लेती हैं इससे नाराज होकर दे गए हैं। क्यों चुन्नी बाबू, क्या यह आदमी पागल है?"

"नहीं। लेकिन कई दिन से उनका मिजाज ठिकाने नहीं है।"

"मिजाज ठिकाने क्यों नहीं है?"

"यह तो नहीं जानता। शायद घर पर कुछ झगड़ा हो गया है।"

"तो यहाँ क्यों लाए?"

"मैं तो नहीं लाना चाहता था। खुद ही जबर्दस्ती आया था।"

चंद्रमुखी को इस बार सचमुच आश्चर्य हुआ। पूछा, "खुद ही जबर्दस्ती आए थे। सब कुछ जान-बूझकर?"

चुन्नीलाल ने कुछ सोचकर कहा, "और नहीं तो क्या? सब कुछ तो जानता है। मैं धोखा देकर थोड़े ही लाया था।"

चंद्रमुखी चुप हो गई। फिर न जाने क्या सोचकर बोली, "चुन्नी बाबू, मेरा एक उपकार करोगे?"

"क्या?"

"तुम्हारे मित्र कहाँ रहते हैं?"

"मेरे पास ही।"

"उन्हें फिर किसी दिन यहाँ ला सकते हो?"

"लगता है नहीं ला सकूँगा। इससे पहले भी वह कभी ऐसी जगह नहीं आया। और शायद अब आगे भी नहीं आयेगा। लेकिन उसे क्यों बुलाना चाहती हो?"

चंद्रमुखी ने फीकी हँसी के साथ कहा, "चुन्नी बाबू, जैसे भी हो एक बार उन्हें फिर बुलाकर ले आओ।"

चुन्नीलाल हँसा और आँख दबाकर बोला, "क्या फटकार खाकर प्रेम हो गया है।"

चंद्रमुखी भी हँस पड़ी, "बिना देखे ही नोट देकर चले गए। इसे नहीं समझे।"

चुन्नीलाल चंद्रमुखी को बहुत कुछ पहचान गया था। सिर हिलाकर बोला, "नहीं, नहीं नोट फोट की लालची तो और ही होती है। तुम उनमें से नहीं हो। लेकिन वास्तविक बात क्या है, बताओ तो।"

चंद्रमुखी बोली, "सचमुच ही कुछ मोह हो गया है।"

चुन्नीलाल को विश्वास नहीं हुआ, "बस इन्हीं पाँच मिनट के अंदर?"

चंद्रमुखी भी हँसने लगी, "उसे होने दो। जब उनका मन ठिकाने हो तब फिर एक बार लाना। एक बार उन्हें फिर देखना चाहती हूँ। लाओगे ना?"

"क्या पता?"

"तुम्हें मेरे सिर की कसम।"

"अच्छा देखा जाएगा।"

दसवाँ परिच्छेद

पार्वती ने आकर देखा, उसके पति का मकान बहुत बड़ा है। लेकिन मकान नए साहबी फैशन का नहीं, पुराने ढंग का है। मर्दाना महल, ज़नाना महल, पूजा का दालान, नाट्य मन्दिर, अतिथि गृह, कचहरी, तोशाखना और ढेरों दास-दासियाँ हैं। पार्वती अवाक् रह गई। उसने सुना था कि उसके पति बड़े आदमी हैं ज़मींदार हैं। लेकिन इतने बड़े हैं यह नहीं सोचा था। अभाव केवल आदमियों का है। आत्मीय, कुल की कोई भी नहीं है। इतना बड़ा जनाना महल है लेकिन सूना पड़ा है। पार्वती अभी ब्याह कर आई थी। लड़की थी। लेकिन एकदम गृहिणी बन गई। विवाह के बाद उसे घर के अन्दर लाने के लिए एक बूढ़ी बुआ थीं। उनके सिवा घर में केवल दास-दासियों का ही दल था।

संध्या के समय एक सुन्दर और आकर्षक युवक ने प्रणाम करके कहा, "माता जी, मैं आपका बड़ा बेटा हूँ।"

पार्वती ने घूँघट में से ही उसकी ओर जरा-सा देखा लेकिन बोली नहीं। लड़के ने फिर प्रणाम करके कहा, "माताजी, मैं आपका बड़ा बेटा हूँ। प्रणाम करता हूँ।"

इस बार पार्वती ने घूँघट माथे पर पीछे हटाकर कोमल स्वर में कहा, "आओ बेटा, बैठो।"

लड़के का नाम महेन्द्र था। कुछ देर चुपचाप बैठा, पार्वती की ओर देखता रहा फिर पास बैठकर विनीत स्वर में बोला, "आज दो वर्ष हुए, हम अपनी माँ को खो बैठे हैं। ये दो वर्ष बुरे और कष्ट में ही बीते हैं। माँ, आज आप आ गईं। आशीर्वाद दीजिए कि अब लोग सुख से रहें।"

पार्वती ने बहुत ही सहज स्वर में बातें कीं। क्योंकि गृहिणी बन जाने पर बहुत-सी बातें जानने और समझने की आवश्यकता होती है। लेकिन सम्भव है कि यह कहानी बहुत से लोगों को अस्वाभाविक जान पड़े। लेकिन जो लोग पार्वती को अच्छी तरह पहचानते हैं। वे देखेंगे कि जीवन के अनेक परिवर्तनों ने पार्वती को उसकी उम्र की अपेक्षा बहुत कुछ परिपक्व बना दिया है। फिर व्यर्थ की लाज-शर्म, जड़ता या संकोच उसमें कभी था ही नहीं।

उसने पूछा, "क्यों बेटा, मेरे और सब बेटे-बेटियाँ कहाँ हैं?"

महेन्द्र हँसकर बोला, "बताता हूँ। तुम्हारी बड़ी बेटी और मेरी छोटी बहन अपनी ससुराल में है। मैंने चिट्ठी लिखी थी लेकिन यशोदा आ नहीं सकी।"

पार्वती ने दुःखी होकर पूछा, "आ नहीं सकी क्या जान-बूझकर नहीं आई?"

महेन्द्र ने कुछ लज्जित होकर कहा, "माँ ठीक-ठीक मालूम नहीं।"

लेकिन उसकी बात और चेहरे के भाव से पार्वती ने समझ लिया कि यशोदा कुछ नाराज है, इसीलिए नहीं आई।

"और मेरा छोटा बेटा?"

"वह जल्दी ही आ जाएगा। कलकत्ता में है। परीक्षा समाप्त होते ही आ जाएगा।"

भुवन चौधरी स्वयं ही अपनी जमींदारी का कामकाज देखते हैं। इसके अतिरिक्त स्वयं ही रोजाना अपने हाथों से शालिग्राम शिला की पूजा, व्रत, उपवास, मंदिर तथा अतिथिगृह में आए हुए साधु-संन्यासियों की सेवा आदि अनेक कार्यों में सुबह से रात के ग्यारह बजे तक का उनका सारा समय बीत जाता था। नया विवाह होने पर भी उनमें कोई नवीन परिवर्तन दिखाई नहीं दिया। रात को किसी दिन वह अंदर आते हैं, किसी दिन नहीं आ पाते। आने पर भी वह बहुत ही मामूली बात-चीत करते थे। अक्सर पलंग पर लेट जाते और गाव तकिया खींच कर आँखें मूँद कर कहते, "तुम ही इस घर की मालकिन हो। स्वयं ही सब कुछ देखभाल कर, समझ-बूझ कर गृहस्थी चलाना।"

पार्वती अपना सिर हिलाकर कहती "अच्छा।"

भुवन बाबू कहते, "और देखो, ये लड़के-लड़कियाँ तुम्हारे ही हैं।" पति की लज्जा देख कर पार्वती की आँखों की कोरो से हँसी फूट निकलती थी। वह फिर हँसकर कहते, "और देखो, यह महेन्द्र तुम्हारा बड़ा लड़का है। हाल ही में उसने बी.ए. किया है। ऐसा अच्छा लड़का है, ऐसी दयामाया है। थोड़ा यत्न और आत्मीयता...?"

पार्वती हँसी रोककर कहती, "हाँ मैं जानती हूँ, वह मेरा बड़ा लड़का है।"

"हाँ-हाँ जानोगी क्यों नहीं। ऐसा लड़का कभी किसी ने कहीं देखा न होगा। और मेरी यशोमती, लड़की नहीं प्रतिमा है। वह जरूर आएगी आएगी क्यों नहीं। अपने बूढ़े बाप को देखने न आएगी? जब आए तब उसे...?"

पार्वती पास आकर उनके सिर पर कमल जैसा कोमल हाथ रखकर कोमल

स्वर में कहती, "तुम्हें चिंता करने की आवश्यकता नहीं। यशोदा को बुलाने के लिए मैं आदमी भेजूँगी। नहीं तो महेन्द्र ही चला जाएगा।"

"वह जाएगा?... जाएगा। अच्छा उसे बहुत दिनों से देखा नहीं है। तुम आदमी भेजोगी?"

"भेजूँगी क्यों नहीं? मेरी लड़की है। उसे बुलाने के लिए आदमी नहीं भेजूँगी।"

उत्साहित होकर भुवन बाबू उठ बैठते। अपना और पार्वती का संबंध भूलकर उसके सिर पर हाथ रख कर आशीर्वाद देते हुए कहते, "तुम्हारा भला होगा। मैं आशीर्वाद देता हूँ। तुम जीवन भर सुखी रहोगी। भगवान तुम्हें लम्बी उम्र देंगे।"

उसी समय अचानक न जाने और क्या-क्या बातें उन्हें याद आ जातीं। फिर पलंग पर लेट जाते और आँखें मूँद कर मन-ही-मन कहते, "बड़ी लड़की-यह एक ही लड़की थी। वह इसे बहुत चाहती थीं।"

उस समय कच्ची-पक्की मूँछ के पास से होकर आँखों का एक बूँद जल तकिए पर आ गिरता। पार्वती उसे पोंछ देती।

कभी-कभी वह बहुत धीरे से कहते, "वे सभी आएँगे। एक बार फिर सारा घर चमक उठेगा। खूब रौनक होगी। आहा, पहले कितनी अच्छी गृहस्थी थी। लड़के थे, लड़की थी, पत्नी थी। खूब हो-हल्ला मचा रहता था। नित्य ही दुर्गा उत्सव जैसा दिखाई देता था। उसके बाद एक दिन सब कुछ समाप्त हो गया। लड़के कलकत्ता चले गए-यशोदा को उसके ससुर आकर ले गए... फिर अंधकार-श्मशान...?" उसी समय फिर मूँछों के दोनों छोर और तकिया भीगना शुरू हो जाता। पार्वती आँसू पोंछ कर कातर स्वर में कहती, "महेन्द्र का विवाह क्यों नहीं कर दिया?"

वृद्ध कहते, "वह तो मेरे लिए बहुत ही सुख का दिन होता। मैंने यही तो सोचा था लेकिन उसके मन की बात कौन जाने? महेन्द्र की जिद भी वैसी थी। किसी भी तरह विवाह नहीं किया। तभी तो बुढ़ापे में जब सारा घर खांव-खांव करता था, भाग्यहीन की तरह फीका और बेरौनक हो गया था–जैसे लक्ष्मी छोड़कर चली गई हो-किसी भी तरह कहीं भी प्रकाश दिखाई नहीं देता था।... यह...।"

ये बातें सुनकर पार्वती को बहुत दु:ख होता था। पीड़ा को छिपाकर कहती "तुम बूढ़े हुए तो मैं भी बहुत जल्द बूढ़ी हो जाऊँगी। औरतों को बूढ़ी होते क्या ज्यादा देर लगती है?"

भुवन चौधरी उठकर बैठ जाते और उसकी ठोड़ी पकड़ कर चुपचाप, काफी देर तक उसकी ओर देखने रहते। ठीक उस कारीगर की तरह जो किसी प्रतिमा को सजाकर, सिर पर मुकुट पहनाकर दाएँ-बाएँ हिला-डुलाकर देर तक देखता रहता है। और कुछ गर्व और ढेर सारा स्नेह उसके चेहरे पर इकट्ठा हो जाता है। ठीक यही दशा भुवन बाबू की भी होती। किसी-किसी दिन उसके मुँह से अस्पष्ट स्वर में निकल पड़ता है, "हाय, हाय! मैंने अच्छा नहीं किया।"

"क्या अच्छा नहीं किया?"

"सोचता हूँ, तुम यहाँ सोहाती नहीं।"

पार्वती हँसकर कहती, "खूब सोहाती हूँ। हम लोगों के लिए भला सोहाना, न सोहाना क्या?"

वृद्ध महाशय फिर लेटकर जैसे मन-ही-मन कहते, "हाँ, सो मैं समझता हूँ ... खूब समझता हूँ। लेकिन तुम्हारा भला होगा। भगवान तुम्हें देखेंगे।"

इस तरह एक महीना बीत गया। बीच में एक बार चक्रवर्ती महाशय पार्वती को लेने के लिए आए। लेकिन पार्वती अपनी ही इच्छा से नहीं गई। पिता से बोली, "बाबूजी, बहुत ही कच्ची और अस्त-व्यस्त गृहस्थी है, मैं कुछ दिन रुककर आऊँगी।"

वह इस तरह मुस्कराए कि पार्वती न देख पाए। मन-ही-मन बोले, "स्त्रियों की जाति ही ऐसी होती है।"

उनके विदा हो जाने पर पार्वती ने महेन्द्र को बुलाकर कहा, "बेटा, तुम जाकर मेरी बड़ी लड़की को ले आओ।"

महेन्द्र जानता था कि यशोदा किसी तरह नहीं आएगी। बोला, "अगर बाबू जी जाएँ तो अच्छा हो।"

"छिः, यह क्या अच्छा लगेगा। इससे तो अच्छा यह है कि हम दोनों माँ-बेटे चलकर उसे ले आएँ।"

महेन्द्र को आश्चर्य हुआ, "तुम चलोगी?"

"हर्ज ही क्या है बेटा? मुझे इसमें कोई लज्जा महसूस नहीं होती। अगर मेरे जाने से यशोदा बेटी आ जाए, उसकी नाराजगी दूर हो जाए तो मेरे जाने में कोई बुराई नहीं।"

महेन्द्र दूसरे दिन अकेला ही यशोदा को लाने के लिए चला गया। यह तो पता नहीं कि वहाँ जाकर उसने क्या चतुराई दिखाई, लेकिन चार दिन बाद यशोदा को लेकर आ गया। उस दिन पार्वती ने विभिन्न प्रकार के नए और कीमती जेवर पहने थे। कुछ दिन पहले ही भुवन बाबू ने कलकत्ता से मँगवाए थे। यशोदा रास्ते

भर क्रोध और अभिमान भरी ढेर सारी बातें सोचती आई थी। लेकिन नई बहू को देखकर अवाक् रह गई । विद्वेष की एक भी बात याद नहीं आई। अस्फुट स्वर में बोली, "यही है?"

पार्वती यशोदा का हाथ पकड़ कर अंदर ले आई। पास बैठाकर और हाथ में पंखा लेकर बोली, "बेटी अपनी माँ से नाराज हो?"

यशोदा का चेहरा लज्जा के मारे लाल हो गया उसके बाद पार्वती ने अपने जेवर उतारे और यशोदा को पहनाने लगी। आश्चर्य से यशोदा बोली, "यह क्या?"

"कुछ नहीं बेटी, केवल तुम्हारी माँ की साध है।"

जेवर पहनना यशोदा को बुरा नहीं लगा। जब सारे जेवर पहन चुकी तो उसके होठों पर हँसी झलक आई। अपने सारे जेवर उसे पहनाकर बिना जेवरों की पार्वती ने कहा, "बेटी, अपनी माँ से नाराज हो?"

"नहीं, नहीं, नाराज क्यों होने लगी? नाराजगी कैसी?"

"यह तुम्हारे पिता का घर है। बड़ा घर ठहरा। कितने ही नौकर-नौकरानियों की जरूरत होती है। मैं भी तो एक दासी के अतिरिक्त और कुछ नहीं हूँ। छीः बेटी, तुच्छ दास-दासियों पर नाराज होना क्या तुम्हें शोभा देता है?"

यशोदा उम्र में तो बड़ी थी लेकिन बातचीत करने में बहुत छोटी थी विह्वल हो उठी।

पार्वती ने पंखें से हवा करते-करते कहा, "मैं गरीब दुखिया की बेटी हूँ। तुम लोगों की दया से यहाँ थोड़ा-सा स्थान मिला है। न जाने कितने दीन-दुःखी और अनाथ तुम लोागें की दया से यहाँ पहले रहते हैं। मैं भी तो बेटी, उन्हीं में से एक हूँ। जो आश्रित ...।"

यशोदा खोई-खोई सी सुन रही थी। एकदम अपने आप तक को भूल गई और उसके पैरों पर गिर कर प्रणाम करती हुई बोली, "मैं तुम्हारे पैरों पड़ती हूँ।"

पार्वती ने उसे उठा लिया।

"मेरे अपराधों पर ध्यान मत देना माँ," यशोदा ने कहा।

दूसरे दिन महेन्द्र ने एकान्त में यशोदा से पूछा, "क्यों! तुम्हारा गुस्सा कम हुआ?"

यशोदा ने जल्दी से अपने भाई के पैरों पर हाथ रखकर कहा, "भैया मैंने गुस्से में आकर न जाने क्या-क्या कह डाला! देखो! ये सब बातें किसी को मालूम न होने पाएँ।"

महेन्द्र हँसने लगा।

यशोदा बोली, "क्यों भैया, सौतेली माँ भी इतना स्नेह और आदर दे सकती है?"

दो दिन के बाद यशोदा ने पिता के पास पहुँचकर कहा, "बाबूजी वहाँ को चिट्ठी लिख दो। मैं अभी दो महीने यहीं रहूँगी।"

भुवन बाबू ने आश्चर्य से पूछा, "क्यों बेटी?"

यशोदा ने शर्मिन्दगी से कुछ हँसते हुए कहा, "मेरा स्वास्थ्य कुछ ठीक नहीं है। अभी मैं कुछ दिन छोटी माँ के पास ही रहूँगी।"

आनन्द के मारे पिता की आँखों से आँसू बहने लगे। उन्होंने शाम को पार्वती को बुलाकर कहा, "तुमने मुझे बहुत बड़ी लज्जा से मुक्ति दिला दी। जीती रहो-सुखी रहो।"

पार्वती ने पूछा, "यह क्या?"

"इसका अर्थ तो मैं तुम्हें नहीं समझा सकता। हे नारायण तुमने कितनी लज्जा और कितनी आत्म-ग्लानि से मुझे छुटकारा दिलाया है।"

संध्या के अन्धकार में पार्वती ने यह नहीं देखा कि उनकी आँखें डबडबा उठी हैं और विनोदलाल-भुवन बाबू का छोटा बेटा, परीक्षा देकर घर लौटा तो फिर लौटकर पढ़ने नहीं गया।

ग्यारहवाँ परिच्छेद

उसके बाद देवदास दो-तीन दिन तक यों ही इधर-उधर सड़कों पर घूमता रहा-पागलों की तरह। धर्मदास ने एक दिन कुछ कहना चाहा तो लाल-लाल आँखें करके उस पर बिगड़ पड़ा। यह रंग-ढंग देखकर चुन्नीलाल भी कुछ कहने का साहस नहीं कर पाया।

धर्मदास ने रोकर कहा, "चुन्नी बाबू, इनकी यह हालत क्यों हो गई?"

चुन्नीलाल ने पूछा, "धर्मदास, आखिर हुआ क्या है।"

मानो एक अंधे ने दूसरे अंधे से रास्ता पूछा। अंदर का हाल दोनों में से एक भी नहीं जानते थे। आँखें पोंछते-पोंछते धर्मदास ने कहा, "चुन्नी बाबू, चाहे जिस तरह हो, देवदास को उसकी माँ के पास भेज दीजिए। जब इन्हें लिखना-पढ़ना है ही नहीं, तो फिर यहाँ रहकर क्या करेंगे?"

बात बिल्कुल ठीक थी। चुन्नीलाल सोचने लगा।

चार-पाँच दिन बाद चुन्नी बाबू ठीक उसी तरह संध्या के समय बाहर जा रहे थे। देवदास ने न जाने कहाँ से आकर उनका हाथ पकड़ लिया, "चुन्नी बाबू, वहीं जा रहे हो?"

चुन्नीलाल ने कुछ कुंठित होकर कहा, "हाँ कहो तो न जाऊँ।"

देवदास ने कहा, "नहीं, मैं तुम्हें जाने के लिए मना नहीं करता! लेकिन एक बात बताओ। तुम वहाँ किस आशा से जाते हो?"

"आशा कैसी? बस समय बिताने चला जाता हूँ।"

"क्या वहाँ समय बीत जाता है? मेरा समय तो बीतता नहीं। मैं भी तो समय बिताना चाहता हूँ।"

चुन्नीलाल कुछ देर तक उसके चेहरे को देखता रहा, जैसे उसके मन के भाव उसके चेहरे पर पढ़ने की कोशिश कर रहा हो। फिर बोला, "देवदास तुम्हें क्या हो गया है? खुलकर बता सकते हो?"

"कुछ भी तो नहीं हुआ।"

"बताओगे नहीं?"

"नहीं चुन्नी बाबू, बताने की कोई बात नहीं है।"

चुन्नीलाल बहुत देर तक सिर नीचा किए रहने के बाद बोला, "देवदास, एक बात मानोगे?"

"क्या"

"तुम्हें एक बार फिर वहाँ चलना होगा। मैं जबान दे आया हूँ।"

"उस दिन जहाँ गए थे, वहीं न?"

"हाँ।"

"छी... मुझे अच्छा नहीं लगता।"

"तो मैं ऐसा इन्तजाम कर दूँगा कि तुम्हें अच्छा लगे।"

देवदास ने कुछ देर अनमने भाव से कुछ सोचा। फिर बोला, "अच्छा चलो चलें।"

देवदास को पतन की एक सीढ़ी नीचे उतार कर चुन्नीलाल न जाने कहाँ खिसक गया। अकेला देवदास चंद्रमुखी के कमरे में बैठा शराब पी रहा है पास ही बैठी चंद्रमुखी दुःख भरी नज़रों से उसे देखती डरते-डरते बोली, "देवदास, अब और न पियो।"

देवदास ने शराब का गिलास जमीन पर रखकर भौंहें टेढ़ी करके पूछा, "कौन?"

"अभी कुछ दिनों से ही शराब पीनी शुरू की है। इतनी अधिक बर्दाश्त नहीं कर पाओगे।"

"बर्दाश्त करने के लिए शराब नहीं पीता। सिर्फ इसलिए पीता हूँ कि यहाँ बैठा रह सकूँ।"

यह बात चंद्रमुखी कई बार सुन चुकी है। अक्सर उसके जी में आया है कि दीवार पर सिर पटक कर रक्त की गंगा बहाकर मर जाऊँ। देवदास से वह प्रेम करने लगी थी। देवदास ने शराब का गिलास फेंक़ दिया। कोच के पाए लगकर वह चूर-चूर हो गया फिर लेट गया। और तकिए का सहारा लेकर लड़खड़ाती जबान से बोला, "मुझमें उठकर जाने की ताकत नहीं है। इसलिए यहाँ बैठा रहता हूँ। होश नहीं रह जाता। इसीलिए तुम्हारे चेहरे की ओर देख बातें करता रहता हूँ चँ-द-र-तो भी मैं बिल्कुल बेहोश नहीं होता थोड़ा-बहुत होश रहता है। तभी तो तुम्हें छू नहीं पाता। बहुत घृणा होती है।"

चंद्रमुखी अपनी आँखें पोंछकर धीरे से बोली, "देवदास, यहाँ ऐसे भी बहुत से लोग आते हैं जो कभी शराब छूते भी नहीं।"

देवदास आँखें फाड़कर उठ बैठा। इधर-उधर हाथ फेंककर लड़खड़ाती ज़बान से बोला, "छूते तक नहीं? अगर बन्दूक होती तो मैं उन्हें गोली मार देता। चंद्रमुखी, वे लोग तो मुझ से भी बड़े पापी हैं।"

कुछ देर चुप रहकर वह न जाने क्या सोचने लगा। फिर बोला, "अगर मैंने कभी शराब पीना छोड़ा-हालांकि मैं छोडूंगा नहीं-तो फिर मैं यहाँ कभी नहीं आऊँगा। मेरे लिए तो उपाय है लेकिन उन लोगों की क्या दशा होगी?"

कुछ देर ठहरकर वह फिर कहने लगा, "मैंने बहुत ही दुःखी होकर शराब पीना शुरू किया है। मेरी विपत्ति और दुःख की साथिन, मैं तुझे नहीं छोड़ सकता।"

देवदास तकिए पर अपना मुँह रगड़ने लगा। चंद्रमुखी ने जल्दी से पास आकर उसका मुँह पकड़कर ऊपर उठाया। देवदास ने भौंहें तानकर कहा, "नहीं नहीं, मुझे मत छुओ। अब भी मुझे होश है। चन्द्रमुखी, तुम नहीं जानतीं। केवल मैं नहीं जानता हूँ कि मैं तुम लोागें से घृणा करता हूँ। हमेशा घृणा करता रहूँगा। फिर भी आऊँगा। फिर भी बैठूँगा। फिर भी बातें करूँगा। इसके सिवा और कोई उपाय जो नहीं है। यह बात तुम लोग क्या समझ़ोगी। हाँ-हाँ संसार में ऐसा उपर्युक्त स्थान और कौन-सा है? और तुम सब..."

देवदास कुछ देर अपलक उसके दुःखी चेहरे की ओर देखता रहा फिर बोला, "तुम सहिष्णुता की मूर्ति हो। स्त्रियों को लांछना, भर्त्सना अपमान, अत्याचार और उपद्रव-क्या-क्या नहीं सहना पड़ता। तुम्हीं इसकी उदाहरण हो।"

इसके बाद वह चित्त लेटकर धीरे-धीरे कहने लगा, "चंद्रमुखी कहती है कि मै तुम्हें प्यार करती हूँ। लेकिन मैं नहीं चाहता-नहीं चाहता-नहीं चाहता। लोग नाटक करते हैं। चेहरे पर कालिख और चूना मलते हैं। चोर बनते हैं। भिखारी बनते हैं राजा बनते हैं। रानी बनते हैं। प्रेम करते हैं। प्रेम की न जाने कितनी बातें करते हैं न जानें कितना रोते हैं। ऐसा मालूम होता है जैसे सब सच हो। चंद्रमुखी नाटक करती है और मैं देखता हूँ–लेकिन उसकी बहुत याद आती है। पल-भर में ही सब कुछ हो गया। वह कहाँ चली गई और मैं किस रास्ते पर चल पड़ा अब एक जीवन भर न समाप्त होने वाला अभिनय आरंभ हुआ है। एक शराबी और एक यह.... अच्छा होने दो। बुरा क्या है?... आशा नहीं। विश्वास नहीं। सुख भी नहीं और साध भी नहीं। वाह, बहुत अच्छा!"

इसके बाद देवदास करवट बदलकर न जाने क्या बड़बड़ाने लगा। चंद्रमुखी उसका अर्थ बिल्कुल न समझ पाई। थोड़ी देर में ही देवदास सो गया।

चंद्रमुखी पास आ बैठी। आंचल भिगोकर गन्दा मुँह पोंछा और भीगा हुआ तकिया बदल दिया। फिर एक पंखा लेकर उसे झलती रही और बहुत देर तक सिर झुकाए बैठी रही। उस समय रात के लगभग एक बजा था। दिया बुझा और दरवाजा बंद करके वह दूसरे कमरे में चली गई।

बारहवाँ परिच्छेद

दोनों भाई द्विजदास और देवदास तथा गाँव के बहुत से लोग ज़मींदार नारायण मुकर्जी का अंतिम संस्कार करके घर लौट आए। द्विजदास खूब चिल्ला-चिल्लाकर रोता है। उसकी दशा पागलों जैसी हो गई है। मुहल्ले के दस-पाँच आदमी भी उसे पकड़े नहीं रख सकते। लेकिन देवदास शांत भाव एक खम्बे के पास बैठा है। न तो उसके मुख से एक शब्द निकलता है, न आँखों में एक बूँद आँसू है। न तो कोई उसे पकड़ता है और न सांत्वना देने का प्रयत्न करता है।

मधुसूदन घोष उसके पास आकर कहने लगे, "हाँ भैया, भाग्य में..."

देवदास ने द्विजदास की ओर उंगली उठाई, "वहाँ...।"

घोष महाशय सपकाकर बोले, "हाँ सो वे कितने बड़े शोक...?" कहते-कहते चले गए। फिर और कोई उसके पास नहीं आया।

दोपहर बीत जाने पर देवदास अपनी अर्धमूर्च्छित माँ के पैरों के पास आ बैठा। वहाँ उसे बहुत-सी औरतें घेरे बैठी थीं। पार्वती की दादी भी थीं। भरे गले से शोक में डूबी देवदास की माँ को संबोधित करके कहा, "बहू, जरा देखो तो, देवदास आया है।"

"माँ...।" देवदास ने पुकारा।

माँ ने एक नज़र डालकर कहा, "बेटा" और फिर उनकी मुँदी आँखों से अविरल आँसू बहने लगे। स्त्रियों का दिल भी हाय-हाय कर रोने लगा।

देवदास कुछ देर माँ के चरणों में मुँह छिपाए बैठा रहा। फिर उठकर धीरे-धीरे मृत पिता के सोने के कमरे की ओर चला गया। उसकी आँखों में आँसू नहीं हैं वह शांत और गंभीर है। अपनी लाल-लाल आँखें ऊपर की ओर गड़ा कर जमीन पर बैठ गया। यदि उस समय उसे कोई देख लेता तो जरूर डर जाता कपाल के दोनों ओर की नसें फूल रही हैं। बड़े-बड़े रूखे बाल खड़े हैं। बदन के तपे सोने से रंग पर कालिख पुत गई है। एक तो कलकत्ते का जघन्य अनाचार-फिर एक लम्बा रात्रि जागरण और उस पर पिता की मृत्यु। जिसने आज से साल भर पहले उसे देखा था। अगर उसे देखते तो उसे पहचान भी न पाते।

कुछ देर बाद पार्वती की माँ ढूँढ़ती हुई दरवाजा खोलकर अंदर आई।

"देवदास!"

"क्या है चाची?"

"बेटा, इस तरह तो काम नहीं चलेगा।"

देवदास ने उसके मुँह की ओर देखकर कहा, "क्यों मैंने क्या किया है चाची?"

चाची जानती तो थीं कि उसने क्या किया है लेकिन कह नहीं पाई देवदास का सिर अपनी गोद में लेकर बोलीं, "देव बेटा...?"

"हाँ चाची"

"देव बेटा!"

उसकी छाती के पास मुँह रखा तो देवदास की आँख से एक आँसू निकल पड़ा।

धीरे-धीरे दूसरे दिन का सवेरा हुआ। रोना-धोना भी बहुत कुछ हो गया। द्विजदास का मन अब बिल्कुल ठिकाने आ गया। माँ भी उठकर बैठ गई। और आँखें पोंछती हुई काम-काज में लग गई।

दो दिन बाद द्विजदास ने देवदास को बुलाकर कहा, "देवदास पिताजी के श्राद्ध में कितना खर्च करना उचित होगा?"

देवदास ने बड़े भाई की ओर देखकर कहा, "जो भी आप उचित समझें।"

"नहीं भाई, सिर्फ मेरे समझने से ही काम नहीं चलेगा। तुम भी बड़े हो गए हो। तुम्हारी राय लेना आवश्यक है।"

"नकद कितने रुपये हैं?"

पिताजी के एकाउन्ट में डेढ़ लाख रुपये जमा हैं। मेरी समझ में दस हजार रुपये खर्च करना काफी होगा। तुम्हारी क्या राय है?"

"मुझे कितना रुपया मिलेगा?"

"आधा रुपया तुम्हें मिल जाएगा। हम दोनों को सत्तर-सत्तर हजार रुपये रह जाएँगे।"

"माँ को क्या मिलेगा?"

"माँ नकद रुपये लेकर क्या करेगी? वह तो घर की मालकिन है ही। हम लोग उनका सारा खर्चा उठाएँगे।"

देवदास ने कुछ सोचकर कहा, "मेरी राय है कि आपके हिस्से में से तो पाँच हजार रुपये खर्च हों और मेरे हिस्से से पच्चीस हजार। बाकी में से पच्चीस

हजार मैं लूँगा और पच्चीस हजार माँ के नाम जमा करा दूँगा। आपकी क्या राय है?"

द्विजदास कुछ लज्जित हुआ। फिर बोला, "अच्छी बात है। जानते हो मेरी तो पत्नी है, पुत्र और कन्या हैं उनका विवाह, उपनयन संस्कार सभी कुछ करना होगा। बहुत से खर्च हैं। इसलिए यही ठीक रहेगा। तो फिर इसकी लिखा-पढ़ी हो जाए।"

"लिखा-पढ़ी की जरूरत नहीं। मैं चाहता हूँ, इस समय इस बात की चर्चा ही न की जाए।"

"लेकिन भाई, बाद में..."

"ठीक है। मैं लिख देता हूँ।"

उसी दिन देवदास ने लिखा-पढ़ी कर दी।"

* * *

दूसरे दिन दोपहर को देवदास नीचे उतर रहा था कि सीढ़ियों के पास पार्वती को देखकर ठिठक गया। पार्वती ने उसकी ओर देखा। पहचानते हुए उसे दुःख हुआ।

देवदास ने गंभीर और शांत स्वर में पूछा, "कब आईं पार्वती?"

आज तीन वर्ष बाद भेंट हुई है। वही कंठ-स्वर।

"आज सवेरे ही आई हूँ" पार्वती ने सिर झुकाकर कहा।

"बहुत दिनों बाद भेंट हुई। अच्छी तरह तो थी?"

पार्वती ने सिर हिला दिया।

"चौधरी जी अच्छी तरह हैं? लड़के-बच्चे सब मजे में हैं?"

"सब लोग अच्छी तरह हैं? पार्वती ने कहा। लेकिन वह यह नहीं पूछ सकी कि तुम कैसे हो? क्या करते हो? अब तो इस प्रकार के प्रश्न ही उचित नहीं लगते थे।

"अभी कुछ दिन रहोगी न?" देवदास ने पूछा।

"हाँ।"

"तब ठीक है," देवदास ने कहा और बाहर चला गया।

श्राद्ध के सारे काम समाप्त हो गए। उनका वर्णन किया जाए तो बहुत कुछ लिखना पड़ेगा। इसलिए उसकी कोई आवश्यकता नहीं। श्राद्ध के दूसरे दिन पार्वती ने धर्मदास को एकान्त में बुलाकर और उसके हाथ पर सोने का एक हार रखकर कहा, "धर्म, यह हार तुम अपनी लड़की को दे देना।"

धर्मदास ने उसके चेहरे की ओर देखकर अपने आर्द्र नेत्रों को और अधिक आर्द्र करके कहा, "तुम्हें बहुत दिनों से नहीं देखा। और सब हालचाल ठीक है बहन?"

"हाँ सब अच्छे हैं। तुम्हारे लड़के-बच्चे तो अच्छे हैं।"

"हाँ सब अच्छे हैं।"

"तुम अच्छी तरह हो?"

धर्मदास ने लम्बी साँस लेकर कहा, "खाक अच्छा हूँ। अब तो मेरा भी चल देने को जी चाहता है। मालिक तो चले गए।"

शोक के आवेग में धर्मदास जाने क्या-क्या कहता रहा। लेकिन पार्वती ने बीच में ही रोककर कहा, "धर्मदास, तुम नहीं रहोगे तो देवदास को कौन देखेगा?"

धर्मदास ने माथा ठोंककर कहा, "जब बच्चे थे तब देखता था। अब तो इसी में भलाई है कि उन्हें न देखना पड़े।"

पार्वती कुछ और समीप आई, "धर्म, एक बात सच-सच बताओगे?"

"बताऊँगा क्यों नहीं बहन"

"अच्छा तो ठीक-ठीक बताओं, देव भैया अब क्या करते हैं?"

"मेरा सिर करते हैं।"

"ठीक-ठीक बताओ न धर्म?"

धर्मदास ने फिर माथा ठोंकते हुए कहा, "बहन, साफ-साफ क्या बताऊँ? वे सब क्या कहने की बातें हैं। मालिक तो अब हैं नहीं। हाथ में ढेरों रुपया आ गया है। अब तो मुश्किल ही है।"

पार्वती का चेहरा उदास हो गया। उसने कुछ उड़ती हुई बातें सुनी थीं। चकित होकर बोली, "धर्मदास, तुम कह क्या रहे हो?"

मनोरमा ने अपने पत्र में कुछ बातें लिखी थीं। वह उन पर विश्वास नहीं कर पाई थी।

धर्मदास सिर हिलाकर कहने लगा, "न खाना है, न सोना है, सिर्फ शराब-तीन-तीन, चार-चार दिन तक न जाने कहाँ पड़े रहते हैं। कोई ठिकाना नहीं। न जाने कितने रुपये उड़ा चुके हैं। सुनता हूँ कई हजार रुपये के तो उसे सिर्फ गहने बनवा कर दिए हैं।"

पार्वती सिर से पाँव तक काँप उठी, "धर्मदास, क्या यह बात सच है?"

धर्मदास अपनी धुन में कहता गया, "शायद वह तुम्हारी बात मान लें। तुम

एक बार उन्हें मना करो। कैसा शरीर था, अब कैसा हो गया है। ऐसी हालत में कितने दिन जिन्दा रहेंगे।... और ये बातें किससे कहें?"

माता, पिता, भाई–इन सबसे तो यह बात कहीं नहीं जा सकती।

कुछ ठहरकर धर्मदास बोला, "पार्वती, जी चाहता है सिर पटक कर मर जाऊँ। अब जीने की साध नहीं रही।"

पार्वती उठकर चली गई।

नारायण बाबू की मृत्यु का समाचार सुनकर वह दौड़ी चली आई थी। सोचा था, इस विपत्ति के समय देवदास के पास जाना उचित है। लेकिन यहाँ उसके इतने चहेते देव भैया की यह हालत हो रही है। उसे इतनी बातें याद आने लगीं जिनकी कोई सीमा नहीं थी। जितना उसने देवदास को धिक्कारा उससे हजार गुना अपने-आपको धिक्कारा। हजार बार उसे यह खयाल आया कि अगर मैं होती तो क्या कभी ऐसा होता? पहले उसने अपने हाथों से अपने पैरों पर कुल्हाड़ी मारी थी लेकिन अब वह कुल्हाड़ी उसके सिर पर आ पड़ी थी। उसी के देव भैया की तो यह हालत होती जा रही है। वह इस प्रकार नष्ट हो रहा है और वह स्वयं दूसरे की गृहस्थी का भला करने के फेर में पड़ी हुई है। दूसरे को अपना समझ कर वह रोजाना अन्न बाँटती रही है और उसका सर्वस्व भोजन के बिना मर रहा है।

पार्वती ने प्रतिज्ञा की कि आज मैं देवदास के चरणों में सिर पटक कर प्राण दे दूँगी।

अभी संध्या होने में कुछ देर थी। पार्वती देवदास के कमरे में पहुँची तो देवदास पलंग पर बैठा हिसाब देख रहा था। उसने सिर उठाकर देखा। पार्वती धीरे से दरवाजा बंद करके जमीन पर बैठ गई। देवदास के चेहरे पर पीड़ा थी लेकिन वह शांत था। हँसते हुए बोला, "अगर मैं तुम्हें बदनाम करूँ तो?"

पार्वती ने कमल जैसी डबडबाई आँखें एक बार उसकी ओर उठाईं और फिर झुका लीं। उसने पलभर में ही समझ लिया कि यह बात मेरे कलेजे में सदा के लिए तीर की तरह चुभ गई है। अब और क्यों? वह बहुत-सी बातें कहने के लिए आई थी लेकिन सब भूल गई। देवदास के सामने यह सब कह नहीं सकती।

देवदास फिर हँसकर बोला, "समझ गया, समझ गया पारो। क्यों लज्जा आती है!"

लेकिन पार्वती फिर भी कुछ न कह सकी।

देवदास कहने लगा, "इसमें लज्जा की कौन-सी बात है? दो व्यक्ति मिलकर बचपना कर डालते हैं। बीच में कैसा गोलमाल हो गया। क्रोध में आकर

तुमने जो चाहा, वह कह डाला। मैंने भी माथे पर यह निशान बना दिया। क्यों, कैसा हुआ?"

देवदास की इन बातों में व्यंग्य या उपहास रत्ती भर भी नहीं था। उसने प्रसन्न होकर हँसते-हँसते अतीत के दुःखो की कहानी कह डाली थी। लेकिन पार्वती की छाती फटने लगी। मुँह में कपड़ा देकर और साँस रोक कर मन-ही-मन बोली, "देव भैया, यह निशान ही मेरे लिए सान्त्वना है। यही मेरा सम्बल है। सहारा है। तुम मुझसे स्नेह करते थे। इसलिए तुमने हम लोगों के बचपन का इतिहास मेरे माथे पर लिख दिया। यह मेरे लिए लज्जा नहीं, कलंक नहीं, बल्कि गौरव की वस्तु है।"

"पारो...।"

मुँह पर से आंचल हटाए बिना ही पार्वती बोली, "क्या?"

"तुम पर मुझे बहुत गुस्सा आता है।"

देवदास की आवाज़ विकृत होने लगी। उसने कहा, "बाबू जी नहीं रहे। मेरे लिए यह कितने बड़े दुःख का दिन है। लेकिन यदि तुम होती तो कोई चिंता नहीं थी। बड़ी बहू को तुम जानती हो। दादा का स्वभाव भी तुमसे छिपा नहीं है। भला बताओ, इस समय माँ को लेकर मैं क्या करूँ? और फिर मेरा भी क्या होगा? कुछ समझ में नहीं आता। तुम होती तो निश्चित होकर तुम्हारे हाथ में सौंपकर...हैं पारो, यह क्या?"

पार्वती सिसक-सिसककर रो रही थी।

देवदास ने कहा, "तुम रो रही हो...। जाने दो। यह बात यहीं समाप्त हो गई।"

पार्वती ने आँसू पोंछते हुए कहा "नहीं कहो।"

देवदास ने गला साफ करके कहा, "पारो तुम तो पक्की गृहस्थिन हो गई हो।"

पार्वती ने अंदर-ही-अंदर होंठ चबाए और फिर मन-ही-मन कहा, "खाक गृहस्थिन हुई, कहीं सेमल का फूल भी देवता की पूजा के काम आता है?"

देवदास हँस पड़ा। फिर हँसते हुए बोला, "मुझे बहुत हँसी आती है। तुम जरा-सी थी। अब कितनी बड़ी हो गई हो। खूब बड़ा मकान, बहुत बड़ी जमींदारी, बड़े-बड़े लड़के -लड़कियाँ-और चौधरी महाशय-सभी बड़े हैं। क्यों पारो?"

चौधरी महाशय का ध्यान आते ही दुःख की बेला में भी हँसी आ गई।

देवदास ने गंभीरता से कहा, "एक उपकार कर सकती हो?"

"क्या?" पार्वती ने सिर उठाकर पूछा।

"तुम्हारी ओर कोई अच्छी लड़की मिल सकती है?"

पार्वती ने थूक घोंटकर खांसकर पूछा, "अच्छी लड़की? क्या करोगे?"

"मिल जाए तो विवाह कर लूँ। जी चाहता है एक बार गृहस्थ बन जाऊँ।"

"खूब सुन्दर चाहिए न?"

"हाँ, तुम्हारी तरह।"

"खूब भली हो?"

"नहीं। बहुत भली की जरूरत नहीं, बल्कि दुष्ट हो। जो तुम्हारी तरह ही मेरे साथ झगड़ा कर सके।"

पार्वती ने मन-ही-मन कहा, "नहीं देव भैया यह तो किसी से न हो सकेगा। क्योंकि उसे मेरे जैसा प्यार कर सकना चाहिए।" फिर खुलकर बोली, "मैं। जलमुंही! मेरे जैसी न जाने कितनी हजार तुम्हारे चरणों में आकर अपने-आपको धन्य समझेंगी।"

"क्यों बहन, ऐसी कोई लड़की दे सकती हो?"

"देव भैया, क्या तुम सचमुच विवाह करोगे?"

"कहा तो।"

उसने स्पष्ट शब्दों में यह नहीं कहा कि तुम्हें छोड़कर इस जीवन में किसी स्त्री के प्रति मेरे मन में लगाव पैदा नहीं होगा।

"देव भैया, एक बात कहूँ?"

"क्या?"

पार्वती ने अपने-आपको संभालते हुए पूछा, "तुमने शराब पीना क्यों सीखा?"

देवदास हँस पड़ा। बोला, "क्या किसी चीज का खाना-पानी भी सीखना पड़ता है?"

"यह नई आदत तुमने क्यों डाल ली?"

"किसने कहा? धर्मदास ने?"

"चाहे कोई कहे। क्या यह सच है?"

देवदास ने बात छिपाई नहीं। बोला, "हाँ बहुत कुछ सच है।"

पार्वती कुछ देर स्तब्ध बैठी रही। फिर बोली, "और उसे कितने हजार के गहने बनवा दिए हैं?"

देवदास हँस पड़ा, "अभी दिए नहीं हैं। सिर्फ बनवाकर रखे हैं। तुम लोगी?"

पार्वती ने हाथ बढ़ाकर कहा, "लाओ दो। यह देखो, मरे बदन पर एक भी गहना नहीं है।

"चौधरी महाशय ने तुम्हें नहीं दिए?"

"दिए थे। लेकिन मैंने वे सब उनकी बड़ी लड़की को दे दिए।"

"तुम्हें शायद उनकी ज़रूरत नहीं है।"

पार्वती ने सिर हिलाकर मुँह नीचा कर लिया। देवदास की आँखे सचमुच गीली हो उठीं। उसने मन-ही-मन समझ लिया कि कोई भी स्त्री किसी मामूली दु:ख में अपना गहना उतार कर किसी को नहीं देती। लेकिन अपनी आँखों के आँसू रोककर उसने धीरे से कहा, "झूठी बात है पारो। मैं किसी भी स्त्री से प्रेम नहीं करता। मैंने किसी को भी गहने नहीं दिए।"

पार्वती ने ठंडी साँस लेकर मन-ही-मन कहा, यही तो मेरा विश्वास है।

बहुत देर तक दोनों चुपचाप बैठे रहे। फिर पार्वती ने कहा "लेकिन इस बात की प्रतिज्ञा करो कि अब कभी शराब नहीं पियोगे।"

"नहीं, यह मुझसे नहीं हो सकता। क्या तुम प्रतिज्ञा कर सकती हो कि तुम कभी एक बार भी मुझे याद नहीं करोगी?"

पार्वती ने कोई उत्तर नहीं दिया।

तभी बाहर संध्या की शंख-ध्वनि होने लगी।

देवदास ने चकित होकर खिड़की में से बाहर की ओर देखते हुए कहा, "संध्या हो गई। अब तुम घर जाओ पारो।"

"नहीं, मैं नहीं जाऊँगी। पहले तुम प्रतिज्ञा करो।"

"यह मुझ से नहीं हो सकता।"

"क्यों नहीं हो सकता?"

"क्यों सभी लोग सारे काम कर सकते हैं?"

"चाहें तो कर सकते हैं।"

"तुम आज रात मेरे साथ भाग कर चल सकती हो?"

सहसा जैसे पार्वती के दिल की धड़कनें ठहर गईं। अस्पष्ट स्वर में उसके मुँह से निकला, "ऐसा कहीं हो सकता है?"

देवदास पलंग पर कुछ खिसककर बैठ गया और बोला, "पार्वती, दरवाजा खोल दो।"

पार्वती और भी आगे खिसककर दरवाजे से अपनी पीठ अच्छी तरह सटाकर बैठ गई। बोली, "पहले प्रतिज्ञा करो।"

देवदास उठकर खड़ा हो गया संयत स्वर में बोला, "पारो, इस तरह जबर्दस्ती प्रतिज्ञा कराना कोई अच्छी बात है? या इससे कोई विशेष लाभ होगा? आज की गई प्रतिज्ञा शायद कल न निभा सकूँ। मुझे झूठा क्यों बनाना चाहती हो?"

और भी कुछ समय इसी तरह चुपचाप बीत गया। तभी किसी कमरे की घड़ी ने टन-टन कर नौ बजाए। देवदास घबरा गया। बोला, "पारो, दरवाजा खोल दो।"

पार्वती ने कोई उत्तर नहीं दिया।

देवदास ने पुकारा, "पार्वती?"

"मैं किसी भी दशा में यहाँ से नहीं जाऊँगी।"

यह कहकर पार्वती उसी स्थान पर लोट गई और बहुत देर तक रोती रही।

कमरे में गहरा अंधेरा था। कहीं कुछ दिखाई नहीं दे रहा था। देवदास ने केवल अनुमान लगा लिया कि पार्वती जमीन पर पड़ी रो रही है।

उसने धीरे से पुकारा, "पारो।"

पार्वती ने रोते हुए उत्तर दिया, "देव भैया, मुझे बहुत कष्ट हो रहा है।"

देवदास उसके पास आ गया। उसकी आँखों में भी आँसू थे लेकिन स्वर विकृत नहीं हुआ था। उसने कहा, "क्या मैं यह बात नहीं जानता?"

"देव भैया, मैं मरी जा रही हूँ। मैं तुम्हारी सेवा नहीं कर सकी। मेरी जन्म भर की साध...।"

देवदास ने अंधेरा में ही आँखें पोंछते हुए कहा, "उसका भी तो समय है।"

"अच्छा तो तुम मेरे यहाँ चलो। यहाँ तुम्हें देखने वाला कोई नहीं है।"

"तुम्हारे घर चलूँगा तो मेरी खूब सेवा करोगी?"

"यह तो मेरे बचपन की साध है। स्वर्ग के देवता, मेरी यह साधना पूरी कर दो। इसके बाद अगर मैं मर जाऊँ तो इसका कोई दुःख नहीं।"

देवदास की आँखों से आँसू बहने लगे।

पार्वती ने फिर कहा, "देव भैया मेरे घर चलो।"

देवदास ने आँखें पोंछकर कहा, "अच्छा आऊँगा।"

"मुझे छूकर और सौगंध खाकर कहो कि आओगे।"

देवदास ने अनुमान से पार्वती के चरण छूकर कहा, "यह बात मैं कभी नहीं भूलूँगा। अगर मेरी सेवा करने से तुम्हारा दुःख कम हो तो मैं तुम्हारे यहाँ आऊँगा। मरने से पहले भी मुझे यह बात याद रहेगी।"

तेरहवाँ परिच्छेद

पिता की मृत्यु के बाद लगातार छः महीने घर रहने के कारण देवदास बहुत ही परेशान हो उठा। न सुख था न शांति। बिल्कुल एक ही तरह का जीवन। उस पर निरन्तर पार्वती की चिंता। आजकल सभी कामों और बातों में उसे पार्वती याद आती। और भाई द्विजदास तथा भाभी ने तो उसका कष्ट और भी बढ़ा दिया था।

घर की मालकिन की हालत भी देवदास के समान ही है। पति की मृत्यु के साथ-ही-साथ उनके भी सारे सुखों का अंत हो चुका है। पराधीनता की भावना लेकर अब इस घर में रहना असंभव हो गया है। काशी जाने की इच्छा हो रही है। लेकिन देवदास का विवाह किये बिना नहीं जा सकतीं। बार-बार कहती हैं देवदास विवाह कर ले। मैं देख जाऊँ। लेकिन यह कैसे सम्भव था? एक तो अशौच की व्यवस्था और फिर मनपसंद लड़की खोजना। इसलिए उनके मन में रह-रहकर अफसोस होता है। कि यदि उस समय पार्वती के साथ देवदास का विवाह हो गया होता तो बहुत अच्छा होता।

एक दिन उन्होंने देवदास को बुलाकर कहा, "देवदास अब तो मुझसे रहा नहीं जाता। कुछ दिन काशी जाकर रहूँ तो ठीक है।"

देवदास की भी यही इच्छा थी। बोला, "मैं भी तो यही कहता हूँ कि कई महीने के बाद लौटने पर सब ठीक हो जाएगा।"

"हाँ बेटा, यही करो। उनकी बरसी करके, तेरा ब्याह करके और यह देखकर कि तुम घर-गृहस्थी वाले हो गए हो, मैं फिर काशी वास करने चली जाऊँगी।"

देवदास इस पर राजी हो गया। अपनी माँ को कुछ दिनों के लिए काशी रखकर कलकत्ता चला गया।

उसने चुन्नीलाल को खोजा। वह नहीं मिला। वासा बदलकर कहीं और चला गया था।

एक दिन शाम को देवदास को चंद्रमुखी की याद आ गई। एक बार मिल लिया जाए न? इतने दिनों तक उसका कभी ध्यान ही नहीं आया। देवदास को

शार्मिन्दगी महसूस हुई। एक किराए की गाड़ी में बैठ कर शाम होने पर कुछ देर बाद वह चंद्रमुखी के मकान के सामने जा पहुँचा। कुछ देर तक पुकारने के बाद अंदर से किसी स्त्री ने उत्तर दिया, "यहाँ नहीं है।"

देवदास ने दरवाजे के निकट जाकर पूछा, "बता सकती हो, वह कहाँ है?"

सामने ही गैस बत्ती का खंभा था।

खिड़की खोलकर और कुछ देर तक देखकर उस स्त्री ने पूछा-"क्या तुम देवदास हो?"

"हाँ।"

दरवाजा खोलकर बोली–"आओ।"

आवाज कुछ-कुछ पहचानी-सी लग रही थी। लेकिन वह अच्छी तरह पहचान नहीं सका। कुछ अंधेरा भी हो गया था। उसने पूछा, "चंद्रमुखी कहाँ है, बता सकती हो?"

स्त्री ने मुस्कराते हुए कहा, "हाँ बता सकती हूँ। ऊपर चलो।"

अब देवदास पहचान गया, "अरे, तुम हो!"

"हाँ, मैं ही हूँ। मुझे भूल गए देवदास?"

ऊपर पहुँचकर देवदास ने देखा-चंद्रमुखी के बदन पर केवल काली किनारी की धोती है और वह भी मैली। हाथों में दो कड़े हैं। इसके सिवा और कोई गहना नहीं है। सिर के बाल भी अस्त-व्यस्त बिखरे हुए हैं। आश्चर्य से पूछा, "तुम ऐसी कैसे हो गई हो?"

अच्छी तरह देखने से उसे मालूम हुआ कि चन्द्रमुखी पहले की अपेक्षा बहुत दुबली हो गई है।

"क्या तुम बीमार थीं?"

चंद्रमुखी हँसकर बोली, "कोई शारीरिक रोग तो है नहीं, तुम अच्छी तरह बैठो।"

देवदास ने पलंग पर बैठकर देखा, सारे घर में एकदम परिवर्तन हो गया है। गृहस्वामिनी की तरह घर की भी दुर्दशा की कोई सीमा नहीं है। सजावट के सामान में से कोई भी चीज नहीं है। अलमारी, टेबल और कुर्सियों का स्थान खाली पड़ा है। केवल एक पलंग बिछा है। उसकी चादर भी मैली है। दीवारों पर जो तस्वीरें टंगी हुई थीं, वे हटा दी गई हैं। लोहे की कीलें अब भी दीवारों पर लगी हुई हैं। उनमें से एक-दो में लाल फीते के टुकड़े अब भी लटक रहे हैं। घड़ी अब भी ब्रेकेट के ऊपर है लेकिन निःशब्द है। उसके आस-पास मकड़ियों ने मनमाने जाले

बुन रखें हैं। एक कोने में तेल का दीया बहुत धीमी-सी रोशनी दे रहा है। उसकी सहायता से देवदास ने घर की यह नए ढंग की सजावट देखी। कुछ विस्मित और क्षुब्ध होकर बोला, "चंद्र, आखिर यह दुर्दशा कैसे हुई?"

चंद्रमुखी ने फीकी-सी हँसी के साथ कहा, "यह दुर्दशा नहीं है। मेरा तो भाग्य खुल गया है।"

देवदास कुछ समझ नहीं सका। उसने पूछा, "तुम्हारे गहने कहाँ गए?"

"बेच डाले।"

"और सामान वगैरह?"

"वह सब भी बेच दिया।"

"घर की सारी तस्वीरें भी बेच दी?"

"चंद्रमुखी ने हँसते हुए सामने वाला एक मकान दिखाकर कहा, "उस मकान में रहने वाली क्षेत्रमणि को दे दी।"

देवदास कुछ देर उसकी ओर देखता रहा। फिर उसने पूछा, "चुन्नीबाबू कहाँ हैं?"

"मुझे मालूम नहीं। लगभग दो महीने हुए, झगड़ा करके चले गए।"

फिर नहीं आए।

देवदास को और आश्चर्य हुआ, "झगड़ा क्यों हुआ?"

"झगड़ा क्या होता नहीं?" चंद्रमुखी ने कहा।

"होता तो है। लेकिन हुआ क्यों?"

"दलाली करने आए थे। इसलिए घर से निकाल दिया।"

"काहे की दलाली?"

चंद्रमुखी हँसकर बोली, "पाट की दलाली," फिर कुछ रुककर बोली, "तुम समझे नहीं। किसी एक बड़े आदमी को पकड़ लाए थे। दो सौ रुपया महीना, ढेर सारे गहने और दरवाजे पर पहरे के लिए एक सिपाही। अब समझे?"

देवदास ने समझकर हँसते हुए कहा, "लेकिन कहाँ? उसने यह नहीं देखा।"

"मैंने उन लोगों को धता बताकर निकाल दिया था।"

"उन लोगों का अपराध?"

"उनका कोई खास अपराध तो नहीं था। लेकिन मुझे यह सब अच्छा नहीं लगा।"

कुछ देर तक सोचने के बाद देवदास ने कहा, "तब से अब तक फिर कोई यहाँ नहीं आया?"

"नहीं। तब से क्यों बल्कि उस दिन से जिस दिन तुम यहाँ से गए उसके दूसरे दिन से ही यहाँ कोई नहीं आया। केवल चुन्नी बाबू बीच-बीच में आ जाते थे। लेकिन इधर दो महीने से उनका आना भी बंद है।"

देवदास बिस्तर पर लेट गया। अनमना-सा कुछ देर चुप रहा फिर धीरे से बोला, "चंद्रमुखी, तो फिर तुमने दुकानदारी उठा दी।"

"हाँ, दीवालिया हो गई हूँ।"

देवदास ने इस बात का कोई उत्तर न देकर कहा, "लेकिन तुम खाओगी क्या?"

"अभी तो बताया तुम्हें जो कुछ गहने वगैरह थे, सब बेच डाले।"

"उनमें से अब कितना बचा है?"

"अधिक नहीं लगभग आठ-नौ सौ रुपए इस समय मेरे पास हैं। एक बनिए के पास रख दिए हैं। वह मुझे हर महीने बीस रुपए दे देता है।"

"पहले तो बीस रुपए में तुम्हारा कम चलता नहीं था?"

"हाँ। आजकल भी अच्छी तरह नहीं चलता। तीन महीने का किराया बाकी है। इसीलिए सोचती हूँ कि हाथ के ये दोनों कड़े भी बेचकर और सारा देना-पावना चुकाकर कहीं और चली जाऊँ।"

"कहाँ जाओगी?"

"यह तो मैंने अभी तक निश्चय नहीं किया। किसी सस्ती जगह में चली जाऊँगी। किसी ऐसे गाँव-देहात में जहाँ बीस रुपए महीने में काम चल जाए।"

"इतने दिनों तक क्यों नहीं गईं? अगर सचमुच ही तुम्हें किसी और बात की ज़रूरत नहीं थी तो इतने दिनों तक बेकार का अपने सिर पर क्यों इतना कर्ज चढ़ाया?"

चंद्रमुखी सिर झुकाकर कुछ सोचने लगी। जीवन में आज पहली बार उसे यह बात कहने में लज्जा सी महसूस हुई।

चंद्रमुखी ने पलंग के किनारे संकोच से बैठकर धीरे से कहा, "नाराज मत होना। जाने से पहले चाहती थी कि एक बार तुमसे भेंट हो जाए तो अच्छा हो। सोचती थी, एक बार अवश्य आओगे। आज तुम आ गए हो। इसलिए अब मैं कल ही यहाँ से जाने की व्यवस्था करूंगी। लेकिन बताओ कहाँ जाऊँ।"

देवदास चकित होकर उठ बैठा। उसने कहा, "केवल मुझे देखने की आशा में अब तक रुकी हुई थी? लेकिन क्यों?"

"सिर्फ एक खयाल। तुम मुझसे बहुत घृण करते थे। उतनी घृणा कभी

किसी ने मुझसे नहीं की जितनी घृणा तुम मुझसे करते थे। यह तो मैं नहीं कह सकती कि तुम्हें यह बात आज याद होगी या नहीं। लेकिन मुझे खूब अच्छी तरह याद है कि जिस दिन तुम पहली बार यहाँ आये थे उसी दिन तुम पर मेरी दृष्टि पड़ी थी। यह मैं जानती थी कि तुम बहुत बड़े धनवान आदमी के बेटे हो। लेकिन धन की आशा से मैं तुमहारी ओर आकर्षित नहीं हुई थी। तुमसे पहले न जाने कितने लोग यहाँ आए-गए हैं। लेकिन उनमें से किसी में भी इतना तेज नहीं देखा। तुमने आते ही मुझ पर चोट की। अनुचित रूखा व्यवहार किया। घृणा के मारे तुमने मेरी ओर देखा तक नहीं। चलते समय तमाशे के तौर पर कुछ द गए। ये सब बातें तुम्हें याद हैं?"

देवदास चुप रहा।

चंद्रमुखी फिर कहने लगी, "बस तभी से मैंने तुम पर नज़र रखी। लेकिन घृणा नहीं प्रेम करके। जिस तरह कोई चीज़ दिखाई पड़ने पर अच्छी तरह याद हो जाती है ठीक उसी तरह तुम्हें भी मैं किसी तरह नहीं भूल सकी। जब तुम आते थे तब कुछ भी अच्छा नहीं लगता था। इसके बाद न जाने क्या मतिभ्रम हो गया। अपनी इन आँखों से बहुत-सी वस्तुओं को एक भिन्न प्रकार से देखने लग गई। पहले जो कुछ 'मैं' थी एकदम बदल गई। जैसे अब 'मैं' नहीं रह गई थी। इसके बाद तुमने शराब पीनी शुरू कर दी। शराब से मुझे बहुत घृणा है। शराबियों को देखकर मुझे बहुत गुस्सा आता था। लेकिन जब तुम नशे में मतवाले होते तो गुस्सा न आता बल्कि दुःख होता।

यह कह कर चंद्रमुखी ने पैरों पर हाथ रखकर डबडबाई आँखों से देखकर कहा, "मैं बहुत ही नीच हूँ। मेरे अपराधों पर ध्यान न देना तुम न जाने कितनी बातें कहते थे। कितनी घृणा से मुझे अपने पास से हटा देते थे। लेकिन मैं तुम्हारे उतने ही निकट पहुँचना चाहती थी। अंत में जब तुम सो जाते थे।....। जाने दो उन सब बातों को। नहीं तो नाराज हो जाओगे।"

देवदास ने कोई उत्तर नहीं दिया। नए ढंग की यह बात उसे कष्ट पहुँचा रही थी।

चंद्रमुखी ने छिपाकर अपनी आँखें पोंछी और कहने लगी, "एक दिन तुमने कहा था कि हम लोग कितना सहन करती हैं–लांछना, अपमान, जघन्य अत्याचार और उपद्रव आदि। उसी दिन से मुझे बहुत अभिमान हो गया है। तभी से मैंने सब कुछ बंद कर दिया है।"

देवदास उठकर बैठ गया, "लेकिन तुम्हारे दिन किस तरह बीतेंगे?"

"यह तो मैं पहले ही बता चुकी हूँ।" चंद्रमुखी ने कहा।

"मान लो, वह तुम्हें धोखा दे दे और तुम्हारे सारे रुपये...।"

चंद्रमुखी डरी नहीं। शांत और सहज भाव से बोली, "यह कोई आश्चर्य की बात नहीं। मैंने यह भी सोच लिया है। जब विपत्ति आएगी तुमसे भीख माँग लूँगी।"

देवदास ने कुछ सोचकर कहा, "अच्छा माँग लेना। अब और कहीं जाने की व्यवस्था करो।"

"बस कल ही कर लूँगी। दोनों कड़े बेचकर एक बार उस बनिए से मिलूँगी।"

देवदास ने जेब में से सौ-सौ रुपये के पाँच नोट निकालकर तकिए के नीचे रख दिए, तुम कड़े मत बेचो। हाँ, उस बनिए से ज़रूर मिलो। लेकिन तुम जाओगी। कहाँ? किसी तीर्थ-स्थान में?"

"नहीं देवदास, तीर्थ और धर्म पर मेरी इतनी श्रद्धा नहीं है। मैं कलकत्ता से अधिर दूर नहीं जाऊँगी। पास ही के किसी गाँव में जाकर रहूँगी।"

"किसी भद्र परिवार में दासी का काम करोगी?"

चंद्रमुखी की आँखों में फिर जल भर आया। आँखें पोंछते हुए बोली, "नहीं, यह सब करने को मेरा जी नहीं चाहता। मैं स्वाधीन रूप से स्वतंत्र रहना चाहती हूँ। दुःख भोगने क्यों जाऊँगी? शारीरिक कष्ट कभी सहा नहीं। अब भी नहीं सह सकूँगी। अधिक खींचातानी करने से शायद यह शरीर ही छिन्न-भिन्न हो जाए।"

देवदास ने फीकी-सी हँसी के साथ कहा, "लेकिन शहर के पास रहने से संभव है फिर प्रलोभन में पड़ जाओ।... मनुष्य के मन का कोई विश्वास नहीं।"

चंद्रमुखी का चेहरा खुशी से खिल उठा। हँसकर बोली, "यह सच है कि मनुष्य के मन का कोई विश्वास नहीं। लेकिन अब मैं किसी भी प्रलोभन में नहीं पड़ूँगी। मैं मानती हूँ कि स्त्रियों को लोभ अधिक होता है। लेकिन लोभ की वस्तुओं को मैंने अपनी इच्छा से जान-बूझकर त्याग दिया है। मुझे अब कोई भय नहीं है। अगर मैं क्षणिक आवेश में आकर अचानक इन वस्तुओं का त्याग करती तो मुझे सावधान रहने की आवश्यकता होती। इतने दिन बीत गए। मुझे एक दिन भी उन वस्तुओं के न रहने पर पछतावा नहीं हुआ। मैं सुख से हूँ।"

"स्त्रियों का मन बहुत ही चंचल होता है। सहज ही विश्वास नहीं किया जा सकता।" देवदास ने सिर हिलाकर कहा।

चंद्रमुखी देवदास के बहुत ही निकट आ बैठी और हाथ पकड़कर बोली, "देवदास।"

देवदास उसके चेहरे की ओर देखता रहा। वह यह नहीं कह सका कि मुझे मत छुओ।

चंद्रमुखी ने स्नेह भरी नज़रों से उसे देखते हुए उसके दोनों हाथ लेकर अपनी गोद में खींच लिए और कांपते स्वर में बोली, "आज अंतिम दिन है। आज नाराज मत होना। तुमसे एक बात पूछने की मुझे बड़ी साध है।"

यह कहकर चंद्रमुखी कुछ देर तक अपलक देवदास के चेहरे को देखती रही। फिर उसने पूछा, "क्या पार्वती ने तुम्हें बहुत गहरी चोट पहुँचाई थी?"

देवदास की भौहें तन गईं। बोला, "यह बात क्यों पूछती हो?"

चंद्रमुखी विचलित नहीं हुई। शांत और दृढ़ स्वर में बोली, "मुझे इस बात को जानना आवश्यक है। सोच सकती हूँ जब तुम दुःखी होते हो तब मुझे भी बहुत चोट लगती है। इसके अतिरिक्त, शायद मैं तुम्हारी बहुत-सी बातें जानती हूँ। बीच-बीच में नशे की बहक में मैंने तुम्हारे मुँह से बहुत-सी बातें सुनी हैं। लेकिन फिर भी मुझे विश्वास नहीं होता कि पार्वती ने तुम्हें धोखा दिया है। मैं उम्र में तुमसे बड़ी हूँ देवदास। मैंने इस संसार में बहुत कुछ देखा है। जानते हो, इस संबंध में मेरा क्या विचार है। मेरा विचार है कि निश्चय ही भूल तुमने की है। स्त्रियों को बदनाम किया जाता है कि उनका स्वभाव चंचल होता है। विचारों में स्थिरता नहीं होती। स्त्रियों को यह कहकर झूठ-मूठ ही बदनाम किया जाता है। उनकी बदनामी भी तुम्हीं लोग करते हो और उनकी प्रशंसा भी तुम्हीं लोग करते हो। तुम लोग जो भी कुछ कहना चाहते हो अनायास ही कह डालते हो। लेकिन स्त्रियाँ कुछ कह नहीं पातीं। अपने मन की बात प्रकट नहीं कर पातीं। वे प्रकट कर भी पातीं तो भी कोई नहीं समझता। क्योंकि उनकी बातें बहुत ही अस्पष्ट होती हैं और तुम लोगों की बातों के बीच दब जाती हैं। उनकी बदनामी ही लोगों के सामने स्पष्ट हो पाती है।"

चंद्रमुखी ने कुछ रुककर अपना गला साफ किया और कहने लगी, "मैंने इस जीवन में प्रेम का व्यवसाय बहुत दिनों तक किया है। लेकिन वास्तव में मैंने प्रेम एक ही बार किया है। और उस प्रेम का मूल्य बहुत अधिक है। जीवन में मैंने बहुत कुछ सीखा है। तुम शायद जानते हो कि प्रेम और मोह में बहुत बड़ा अंतर होता है। प्रेम करना और बात है और मोह और बात है। पुरुष इन दोनों को गड्डमड्ड कर देते हैं। रूप-सौंदर्य का मोह तुम लोगों की अपेक्षा हम लोगों में बहुत ही कम होता है। इसलिए तुम लोगों की तरह हम स्त्रियाँ उन्मत्त नहीं हो जातीं। जब तुम लोग आकर अपना प्रेम प्रदर्शित करते हो न जाने कितनी तरह की बातों और भावों में अपना प्रेम प्रकट करते हो तो हम लोग चुप ही रहती हैं। अक्सर ऐसा होता है कि तुम लोगों के मन को ठेस पहुँचाते हुए हम लोगों को लज्जा भी आती है, दुःख भी होता है। संकोच भी होता है। मुँह देखने से भी अगर

घृणा होती है तब भी लज्जा के कारण यह नहीं कह सकतीं कि हम तुम्हें प्यार नहीं कर पायेंगी। इसके बाद एक बाहरी प्रणय का अभिनय आरंभ हो जाता है। और जब एक दिन उस अभिनय का अंत हो जाता है तब पुरुष क्रोध में आकर नारी को विश्वासघाती की उपाधि दे डालते हैं। सब उन्हीं की बात सुनते हैं और उसी पर विश्वास कर लेते हैं। लेकिन हम स्त्रियाँ तब भी मौन ही रहती हैं। मन में न जाने कितनी पीड़ा होती है। लेकिन उसे देखता ही कौन है?"

देवदास चुपचाप बैठा सुनता रहा। चंद्रमुखी खामोश होकर कुछ देर उसकी ओर देखती रही। फिर बोली, "शायद तब कुछ ममता पैदा हो जाती है और स्त्रियाँ उसी ममता को प्रेम समझ बैठती हैं। वे शांति और धीरज के साथ संसार के सभी काम-धंधे करती हैं। दु:ख के समय जी-जान से सहायता करती हैं। उस समय तुम उनकी कितनी प्रशंसा करते हो। बात-बात में धन्य-धन्य कहते हो। लेकन शायद उस समय में उन्हें प्रेम का रत्तीभर भी ज्ञान नहीं होता। इसके बाद जब किसी अशुभ घड़ी में उनके अंतर की वदेना छटपटाती हुई बाहर आ खड़ी होती है। तब. ...।"

इतना कहकर चंद्रमुखी ने देवदास की ओर तीखी नजरों से देखा और फिर बोली, "तब तुम लोग चीख-चीखकर कहने लगते हो, कलंकिनी...छी...छी!"

अचानक देवदास ने चंद्रमुखी के मुँह पर हथेली रख दी, "चंद्रमुखी...।"

चंद्रमुखी ने धीरे से उसका हाथ हटाते हुए कहा, "तुम डरो मत देवदास! मैं तुम्हारी पावती की बात नहीं कह रही हूँ।"

यह कहकर वह चुप हो गई। देवदास ने भी कुछ देर तक चुप रहने के बाद अनमने भाव से कहा, "किंतु कर्तव्य तो है? धर्म-अधर्म तो है!"

चंद्रमुखी ने कहा, "वह तो है ही। इसीलिए तो देवदास जो सचमुच प्यार करता है, वही सहन कर पाता है। जिसे यह मालूम हो जाता है कि वास्तविक प्रेम में कितना सुख मिलता है, कितनी तृप्ति होती है वह अकारण अपनी गृहस्थी में दु:ख और अशांति नहीं लाना चाहता। लेकिन देवदास-मैं क्या कह रही थी? मैं निश्चित रूप से जानती हूँ कि पार्वती ने तुम्हें तनिक भी धोखा नहीं दिया। तुमने अपने-आपको ही धोखा दिया है। मैं जानती हूँ आज इस बात को समझ पाना तुम्हारे लिए संभव नहीं है। लेकिन यदि कभी समय आया तो तुम्हें पता चल जाएगा कि मैंने इस समय जो कुछ कहा है वह सच है।"

देवदास की आँखों में आँसू आ गए। आज न जाने क्यों उसे लग रहा था कि चंद्रमुखी का कहना सच है।

देवदास की आँखों में छलकते आँसू चंद्रमुखी ने देख लिए। लेकिन उसने उन्हें पोंछने की कोशिश नहीं की। मन-ही-मन कहने लगी, "मैंने तुम्हें अनेक बार अनेक प्रकार से देखा है देवदास। मैं तुम्हारे मन का हाल जानती हूँ। मैंने बहुत अच्छी तरह समझ लिया है कि तुम साधारण पुरुषों की तरह अपनी इच्छा से प्रेम प्रकट नहीं कर सकते। रही रूप की बात, सो वह किसे अच्छा नहीं लगता। लेकिन फिर भी किसी तरह इस बात पर विश्वास नहीं होता कि केवल इसीलिए तुम अपना यह सीमाहीन तेज सौंदर्य के चरणों में समर्पित कर दोगे। हो सकता है, पार्वती अत्यधिक सुंदर हो। लेकिन लगता है पहले उसी ने तुमसे प्रेम किया था। और उसी ने पहले अपने प्रेम का प्रदर्शन भी किया था।"

मन-ही-मन ये सारी बातें कहते-कहते सहसा उसके मुख से अस्पष्ट स्वर में निकल गया, "अपने आपको देखकर ही मैंने समझा है। कि वह तुम्हें कितना प्यार करती है।"

देवदास जल्दी से उठकर बैठ गया और बोला, "क्या कहा तुमने?"

"कुछ नहीं," चंद्रमुखी बोली, "मैं यही कह रही थी कि पार्वती तुम्हारे रूप पर नहीं रीझी थी। इसमें संदेह नहीं कि तुममें सौंदर्य है। लेकिन उस पर कोई रीझ नहीं सकता। फिर तुम्हारा यह तीव्र और रूखा स्वरूप भी सबको दिखाई नहीं देता। लेकिन जिसे दिखाई दे जाता है वह कभी आँखें नहीं हटा पाता।"

फिर कुछ देर तक चुपचाप उसकी ओर देखती हुई धीरे-धीरे कहने लगी, "सौंदर्य आँखों से तो दिखाई नहीं देता, लेकिन हृदय के ठीक भीतरी भाग पर इसकी गहरी छाया पड़ती है। इसके बाद दिन की समाप्ति होने पर आग के साथ ही चिता पर जलकर राख हो जाता है।"

देवदास ने बेचैनी से चंद्रमुखी की ओर देखकर पूछा, "आज तुम यह सब क्या कह रही हो?"

चंद्रमुखी मुस्कराकर बोली, "देवदास, इससे बढ़कर भयानक बात और कोई नहीं हो सकती कि आदमी जिसे प्रेम न करता हो वही जबर्दस्ती की कहानी सुनाने बैठ जाए। लेकिन मैं केवल पार्वती के लिए वकालत कर रही थी, अपने लिए नहीं।"

देवदास ने उठने की कोशिश की, "अब मैं जाता हूँ।"

"थोड़ी देर और बैठो। आज तक तुम्हें होश में कभी नहीं पाया। कभी इस तरह तुम्हारे दोनों हाथ पकड़कर बातें नहीं कर सकी-आज कैसी तृप्ति महसूस कर रही हूँ" इतना कहकर वह जोर से हँस पड़ी।

देवदास ने चकित होकर पूछा, "तुम हँस क्यों पड़ी?"

"कुछ नहीं। यों ही एक पुरानी बात याद आ गई। आज से दस वर्ष पहले की बात है, जब मैं प्रेम के चक्कर में अपना घर-बार छोड़कर चली आई थी। उस समय समझती थी कि मैं कितना अधिक प्रेम करती हूँ और इसके लिए अपने प्राण भी दे सकती हूँ। लेकिन इसके बद एक मामूली से जेवर के लिए हम दोनों में ऐसा झगड़ा हो गया कि फिर किसी ने भी कभी एक दूसरे का मुँह नहीं देखा। और तब मैंने अपने मन को तसल्ली दी कि वह मुझे बिल्कुल प्यार नहीं करता था। अगर करता होता तो क्या एक छोटा-सा गहना भी नहीं देता।"

चंद्रमुखी एक बार फिर हँस पड़ी। लेकिन तत्काल शांत और गंभीर होकर बोली, "चूल्हे में जाए गहना। उस समय कहाँ जानती थी कि सिर के सामान्य दर्द को अच्छा कर देने के बदले में भी बिना हिचकिचाए प्राण तक दिए जा सकते हैं। उस समय न तो सीता और दमयन्ती की व्यथा को ही समझती थी और न जगाई-मथाई की कथा पर ही विश्वास करती थी। अच्छा देवदास, इस संसार में सभी कुछ संभव है न?"

देवदास कुछ भी न कह सका। हतबुद्धि-सा कुछ देर तक अपलक चंद्रमुखी की ओर देखता रहा। फिर बोला, "अच्छा, अब् मैं जाता हूँ।"

"डर क्या है? ज़रा और बैठो। मैं तुम्हें भुलावे में नहीं रखना चाहती। मेरे वे दिन बीत गए। अब तो जितनी घृणा तुम मुझसे करते हो, मैं भी अपने-आपको उतनी ही घृणा करती हूँ। लेकिन देवदास, तुम विवाह क्यों नहीं कर लेते?"

इतनी देर के बाद जैसे देवदास से साँस ली। हँसकर बोला, "उचित तो यही लग रहा है। लेकिन इच्छा नहीं होती।"

"इच्छा न होने पर भी विवाह कर डालो। बाल-बच्चों का मुख देख कर बहुत शांति मिलेगी। इसके अतिरिक्त मेरे लिए भी एक रास्ता निकल आएगा। तुम्हारी गृहस्थी में दास की तरह रहकर अपने दिन सुख से बिता सकूँगी।"

देवदास ने हँसते हुए कहा, "अच्छा, उस समय मैं तुम्हें बुलवा लूँगा।"

चंद्रमुखी जैसे उसकी हँसी नहीं देख पाई। बोली, "जी चाहता है तुम से एक बात और भी पूछूँ।"

"क्या?"

"तुमने आज मेरे साथ इतनी देर तक बातें क्यों कीं?"

"क्यों, इसमें कोई दोष है?"

"वह तो मैं नहीं जानती, लेकिन यह बात नई जरूर है। इससे पहले जब

तक तुम शराब पीकर नशे में चूर नहीं हो जाते थे तब तक मेरा मुँह तक नहीं देखते थे।"

देवदास ने चंद्रमुखी के इस प्रश्न का कोई उत्तर न देकर उदास और दु:खी स्वर में कहा, "अब मैं शराब को छूता नहीं। मेरे पिताजी की मृत्यु हो गई है।"

चंद्रमुखी दु:ख और करुणा भरी नज़रों से उसकी ओर कुछ देर तक देखती रही। फिर बोली, "अब तो शराब नहीं पियोगे?"

"कह नहीं सकता।"

चंद्रमुखी ने उसके दोनों हाथ अपनी ओर खींचकर रुँधे गले और व्याकुल स्वर से कहा, "अगर हो सके तो हमेशा के लिए छोड़ दो। असमय ही इतने सुंदर प्राण नष्ट मत करो।"

देवदास सहसा उठकर खड़ा हो गया, "मैं जाता हूँ। तुम जहाँ जाना वहाँ से खबर जरूर भेजना और यदि कभी कोई जरूरत पड़े तो मुझसे संकोच मत करना।"

चन्द्रमुखी ने प्रणाम करके उसके चरणों की धूल माथे पर लगाई और बोली, "आशीर्वाद दो कि मैं सुखी रहूँ। हाँ, एक भिक्षा और मागँती हूँ, ईश्वर करे, अगर कभी इस दासी की आवश्यकता पड़े तो इसे जरूर याद कर लेना।"

"अच्छा", देवदास ने कहा और चल पड़ा।

चंद्रमुखी ने दोनों हाथ जोड़कर रोते हुए कहा, "भगवान, एक बार फिर किसी तरह इनसे भेंट हो।"

चौदहवाँ परिच्छेद

लगभग दो वर्ष बीत गए। महेन्द्र का विवाह करके पार्वती बहुत कुछ निश्चित हो गई है। पुत्र-वधू जलदबाला काम-काज में कुशल और समझदार है। पार्वती के बदले बहुत से काम वही करती है। पार्वती ने अब दूसरी ओर मन लगा लिया है। उसका विवाह हुए पाँच वर्ष बीत गए लेकिन कोई संतान नहीं हुई। उसके अपने लड़के-बच्चे नहीं हैं इसलिए दूसरों के लड़के-बच्चों को बहुत प्यार करती है। गरीबों और दुखियों की बात तो दूर, जिन लोगों के खाने-पीने का कुछ अभाव है उनके बाल-बच्चों का भी अधिकांश खर्च उसने अपने ऊपर ले लिया है।

इसके अतिरिक्त देव-मन्दिर की पूजा-सेवा, साधु-संन्यासियों को सेवा और धंधों तथा अपाहिजों की परिचर्या में ही अपना समय लगा देती है। अपने पति से कहकर उसने एक और अतिथि गृह बनवा लिया है। उसमें निराश्रित और बेसहारा लोग जब तक इच्छा हो, रह सकते हैं। जमींदार के यहाँ से ही उन्हें खाना-कपड़ा मिलता है। इसके अलावा एक और कार्य पार्वती बड़े गोपनीय ढंग से किया करती है। पति तक को पता नहीं चलने देती। वह निर्धन भले आदमियों को चुपचाप आर्थिक सहायता देती हैं, यह रुपया वह अपने खर्च के रुपयों में से खर्च करती है। पति से हर महीने खर्च के लिए जो कुछ मिलता है वह इसी में खर्च होता है। इसका पता कचहरी के नायब गुमाश्तों को लगे बिना नहीं रहता। वे लोग आपस में इसके बारे में बहस करते रहते हैं और दासियाँ छिपकर सुन आती हैं कि आजकल गृहस्थी का खर्च पहले से दो गुना हो गया है। खजाना बिल्कुल खाली पड़ा है। कुछ भी जमा नहीं हो पाता। जब गृहस्थी का खर्च बढ़ जाता है तो दास-दासियों के दिल को बड़ी चोट पहुँचती है। उन्हीं से जलद ने ये सब बातें सुनीं।

एक दिन रात में उसने अपने पति से कहा, "क्या तुम इस घर के कोई भी नहीं हो?"

"क्यों, क्या बात है?" महेन्द्र ने पूछा।

पत्नी ने कहा, "दास-दासियाँ तक देख रही हैं, तुम नहीं देख सकते? बाबूजी तो नई बहू के वश में हैं। वह उन्हें कुछ कहेंगे नहीं। लेकिन तुम्हें तो कहना चाहिए।"

महेन्द्र की समझ में कुछ नहीं आया। लेकिन उत्सुकता पैदा हो गई। उसने पूछा, "आखिर बात क्या है?"

जलदबाला गंभीर होकर पति को सलाह देने लगी, "नई माँ के लड़के-बच्चे तो हैं नहीं। इसलिए उन्हें घर-गृहस्थी का ध्यान क्यों होने लगा। देख नहीं रहे, उन्होंने सब कुछ उड़ा दिया।"

महेन्द्र ने भौहें सिकोड़कर पूछा, "किस तरह?"

जलद ने कहा, "अगर तुम्हारे आँखें होतीं तो तुम देख पाते। आजकल गृहस्थी का खर्च दूना हो गया है। सदाव्रत, दान-पुण्य, अतिथि, भिखारी सभी कुछ तो है। वह तो अपना परलोक सिधार रही हैं। लेकिन तुम्हारे तो भविष्य में बाल-बच्चे होंगे, वे क्या खाएंगे? सब कुछ लुट जाने पर क्या वे लोग अंत में भीख मांगेंगे?"

महेन्द्र पलंग पर उठकर बैठ गया और बोला, "तुम किसकी बात कर रही हो? माँ की?"

जलद बोली, "मेरे तो भाग्य ही फूट गए जो ये बातें मुझे मुँह खोल कर कहनी पड़ रही हैं।"

महेन्द्र ने कहा, "इसीलिए तुम माँ के खिलाफ फरियाद करने आई हो?"

जलद ने अप्रसन्न होकर कहा, "मुझे नालिश-फरियाद की जरूरत नहीं है, मैंने तुम्हें केवल भीतरी बात बता दी है। नहीं तो अंत में तुम मुझे ही दोष देते।"

महेन्द्र कुछ देर चुपचाप बैठा रहा। फिर बोला, "तुम्हारे बाप के घर हाँडी तक तो रोजाना चढ़ती नहीं। तुम जमींदारों के घर के खर्च के बारे में क्या जानो।"

जलद को इस बात पर गुस्सा आ गया। तड़पकर बोली, "और तुम्हारी माँ के बाप के घर कितनी अतिथिशालाएँ खुली हुई हैं। जरा बताओ तो?"

अधिक तर्क-वितर्क किए बिना महेन्द्र चुपचाप लेटा रहा।

सुबह उठकर पार्वती के पास पहुँचकर बोला, "माँ, तुमने भी खूब मेरा ब्याह किया। इसके साथ तो गृहस्थी चलाई ही नहीं जा सकती। मैं तो कलकत्ता जाता हूँ।"

पार्वती ने अवाक् होकर पूछा, "क्यों बेटा?"

"वह तुम्हारे बारे में कड़वी बातें कहती है। मैंने उसे त्याग दिया।"

पार्वती पिछले कुछ दिनों से बड़ी बहू का रंग-ढंग देख रही थी। लेकिन मन के भाव दबाकर हँसते हुए बोली, "छी...बेटा, वह तो मेरी बहुत अच्छी लड़की है।"

इसके बाद उसने जलद को एकांत में बुलाकर पूछा, "क्यों बेटी, कुछ झगड़ा हुआ है।"

जलद सवेरे से ही अपने पति की कलकत्ता-यात्रा की तैयारियों को देख कर मन-ही-मन डर रही थी। सास की बात सुनकर रोने लगी। फिर रोते-रोते बोली, "माँ दोष मेरा ही है। लेकिन ये नौकरानियाँ ही खर्च-वर्च के बारे में तरह-तरह की बातें किया करती हैं।"

पार्वती ने सारी बातें सुनीं। लज्जित होकर बहू के आँसू पोंछती हुई बोती, "तुम ठीक कहती हो। लेकिन बेटी, मैं वैसी गृहस्थिन नहीं हूँ। इसलिए खर्च का मुझे इतना ध्यान नहीं था।"

इसके बाद उसने महेन्द्र को बुलाकर कहा, "बेटा, तुम बिना अपराध के क्रोध मत करो। तुम पति हो। तुम्हारी मंगल-कामना के आगे पत्नी के लिए और सब कुछ तुच्छ लगना स्वाभाविक और उचित है। बहू तुम्हारी लक्ष्मी है।"

लेकिन उसी दिन से पार्वती ने अपना हाथ खींचना शुरू कर दिया। अब अतिथिशाला और देव-मंदिर की पहले जैसी सेवा नहीं होती। बहुत से अनाथ, अंधे और साधु-भिखारी यों ही वापस चले जाते हैं।

घर के मालिक ने यह सुना तो पार्वती को बुलाकर पूछा, "क्यों जी, क्या लक्ष्मी का भंडार खाली हो गया?"

पार्वती ने हँसते हुए कहा, "सिर्फ देते ही रहने से कहाँ तक काम चलेगा। कुछ दिन इकट्ठा भी तो करना चाहिए। देखते नहीं हो, खर्चा कितना बढ़ गया है।"

"बढ़ने दो। अब मुझे और कितने दिन जीना है। जो थोड़े से दिन शेष हैं उनमें अच्छे काम करके परलोक की ओर ध्यान देना ही उचित है।"

पार्वती हँस पड़ी, "यह तो बहुत ही स्वार्थियों की-सी बात है। केवल अपना ही ध्यान रखोगे और लड़के-बच्चों को यों ही रह जाने दोगे? कुछ दिन चुपचाप रहो, उसके बाद फिर सब इसी तरह होगा। आदमी के जीवन में काम कभी समाप्त नहीं होते।"

चौधरी महाशय लाचार होकर चुप हो गए।

* * *

पार्वती पर काम का बोझ अब कम हो गया इसलिए उसकी चिंताएँ अधिक बढ़ गईं। लेकिन सभी चिंताओं के रूप पृथक् होते हैं। जिसे कुछ आशा या आकांक्षा होती है वह एक ढंग से सोचता है और जिसके मन में कोई आशा-आकांशा नहीं होती, वह किसी दूसरी तरह से सोचता है। पहली चिंता में

सजीवता है, सुख है, तृप्ति है। दुःख भी है और उत्कंठा भी। इसलिए वह मनुष्य को थका डालती है। वह अधिक समय तक नहीं सोच सकता। लेकिन आशाहीन चिंता में न तो सुख होता है न दुःख और न उत्कंठा होती है। लेकिन तृप्ति अवश्य होती है। उसकी आँखों से आँसू भी बहते हैं और उसमें गंभीरता भी होती है। लेकिन यह चिंता नित्य नए सिरे से उसके हृदय को बेधती नहीं है। वह हलके मेघ की तरह जहाँ-तहाँ तैरती रहती है। जहाँ उसे हवा का आघात नहीं लगता वहीं ठहर जाती है। और जैसे ही हवा का थपेड़ा उसे छूता है आगे खिसक जाती है। चिंता में डूबा मन उद्वेगहीन चिंता में सार्थकता पाता है।

पार्वती का भी आजकल ठीक यही हाल है। जब वह पूजा-पाठ आदि नित्य कर्म करने बैठती है तो उसका उद्देश्यहीन और निराश मन चुपके से ताल सोनापुर की बाँस की झाड़ियों, आम के बागों, पाठशाला और तालाब के घाट आदि के चक्कर लगा आता है और कभी-कभी ऐसे स्थान में जा छिपता है कि पार्वती स्वयं अपने-आपको ही खोज नहीं पाती। पहले तो कभी-कभी उसके होंठों के कोनों पर हँसी भी आ जाया करती थी लेकिन आजकल तो उसकी आँखों से टप से एक बूँद जल गिरकर पंचपात्र के जल में मिल जाता है। फिर भी दिन बीत रहे हैं। काम-धंधा करने, मीठी-मीठी बातें कहने और परोपकार तथा दूसरों की सेवा-सुश्रूषा करने में दिन कट जाते हैं। कोई उसे लक्ष्मी स्वरूप अन्नपूर्णा कहता है और कोई विरक्त दासिनी।

लेकिन कल सुबह से उसमें एक और ही प्रकार का परिवर्तन दिखाई दे रहा है। वह जैसे कुछ तीव्र और कठोर हो गई है। किनारों को तोड़ती बाढ़ भरी गंगा में जैसे अचानक ही तूफान आ गया है। घर का कोई भी व्यक्ति इसका कारण नहीं जानता। केवल हम जानते हैं। कल गाँव से मनोरमा का पत्र आया है, उसने लिखा है–

"पार्वती, इधर बहुत दिनों से हम दोनों में से किसी ने भी एक दूसरे को कोई पत्र नहीं लिखा। इसलिए अपराधी दोनों ही हैं। मैं चाहती हूँ कि आपस में समझौता हो जाए। दोनों ही अपना अपराध स्वीकार करके अपनी-अपनी अप्रसन्नता दूर कर दें। लेकिन मैं बड़ी हूँ इसलिए मैं ही मान छोड़कर भिक्षा माँगे लेती हूँ। आशा करती हूँ, तुम शीघ्र ही पत्र का उत्तर दोगी।"

आज लगभग एक महीना हुआ है मुझे यहाँ आए। हम लोग गृहस्थ घर की स्त्रियाँ ठहरीं इसलिए हम शारीरिक अच्छाइयों-बुराइयों पर उतना ध्यान नहीं देतीं। किसी के मर जाने पर कह देती कि गंगा-लाभ हुआ है और जब कहीं आती-जाती हैं तो कहती हैं कि अच्छी तरह हैं। इस तरह मैं भी अच्छी तरह हूँ।

लेकिन यह तो हुई अपनी बात, कुछ इधर-उधर की। फिर भी एक समाचार तुम्हें सुनाने की बहुत इच्छा हो रही है। कल से ही सोच रही हूँ कि तुम्हें यह समाचार दूँ, या न दूँ। लेकिन मुझसे रहा नहीं जा रहा। मेरी दशा मारीच जैसी हो रही है। देवदास का हाल सुनकर तुम्हें तो दुःख होगा ही लेकिन तुम्हारी हालत के बारे में सोचकर मैं भी बिन रोए नहीं रह सकती। भगवान ने बहुत ही रक्षा की वरना तुम्हारी जैसी आत्मभिमानी अगर उसके हाथों में पड़ जाती तो या तो अब तक गंगा में डूब मरती या जहर खा लेती। और रहा उसका हाल? सो आज सुनो तो भी सुनोगी और दस दिन बाद सुनो तो भी सुनोगी। क्योंकि जो बात सारा संसार जान गया है उसे क्या छिपाना।

आज छः- सात दिन हुए, देवदास यहाँ आया है। तुम तो जानती ही हो कि उसकी माँ काशी में रहने लगी हैं और वह कलकत्तावासी हो गया है। वह घर आया है सिर्फ अपने बड़े भाई के साथ झगड़ा करने और रुपए लेने। सुना है, वह इसी तरह बीच-बीच में आया करता है और जब तक रुपयों का इन्तजाम नहीं हो जाता, तब तक ठहरता है और रुपए मिलते ही चला जाता है।

उसके पिता की मृत्यु हुए ढाई वर्ष बीत गए। तुम्हें आश्चर्य होगा कि ढाई वर्ष में ही उसने अपने हिस्से की लगभग आधी सम्पत्ति बर्बाद कर दी है। द्विजदास तो बहुत ही हिसाब से रहने वाला आदमी है।

इसलिए उसने पैतृक सम्पत्ति किसी प्रकार अपने ही हाथ में रखी है। नहीं तो इतने दिनों में उसे भी दस आदमी मिलकर लूट लेते। लेकिन जो शराब और वेश्याओं में डूब रहा हो। उसकी कौन रक्षा करेगा। केवल यमराज ही उसकी रक्षा कर सकता है। और मालूम होता है कि उसमें भी अब अधिक विलम्ब नहीं है। गनीमत यही है कि उसने विवाह नहीं किया।

हाय! देखकर दुःख भी होता है। न तो अब वह कुन्दन जैसा रंग है न वह रूप है। और न वह श्री ही है। मालूम होता है, यह कोई और ही है। सिर के रूखे बाल हवा में इधर-उधर उड़ते रहते हैं। आँखें गड्ढें में धँस गई हैं। नाक खांडे की तरह आगे की ओर निकल आई है। अब मैं तुम्हें क्या बताऊँ कि वह कैसा बदसूरत हो गया है। देखने से घृणा होती है और डर लगता है। दिन भर नदी किनारे बाँध पर हाथ में बंदूक लिए चिड़िया मारता फिरता है और जब धूप में सिर चकराने लगता है, तो बाँध पर किसी बेर के पेड़ के नीचे सिर झुकाकर बैठ जाता है। शाम हो जाने पर घर आकर शराब पीता है। रात को सोता है या घूमता रहता है—भगवान ही जाने।

उस दिन शाम को मैं नदी से जल लाने गई थी। देखा, देवदास हाथ में

बंदूक लिए नदी के किनारे-किनारे सूखा हुआ मुँह लिए चला जा रहा है। मुझे पहचाना तो पास आकर खड़ा हो गया। मैं तो डर के मारे मर गई। घाट पर कहीं कोई नहीं था। उस दिन मैं अपने आपे में नहीं रह गई। भगवान ने बहुत ही रक्षा की कि उस दिन उसने पागलपन या बदमाशी नहीं की। नितांत निरीह और भले आदमियों की तरह बहुत ही शांत भाव से पूछा, "क्यों मनो, अच्छी तो हो बहन।"

उस समय और क्या करती, डरते-डरते सिर हिलाकर कह दिया "हूँ", तब उसने ठंडी साँस लेकर कहा, "तुम सुखी हो बहन। तुम लोगों को देखकर मुझे बड़ी खुशी होती है। बड़ा सुख सा मिलता है।".... इसके बाद धीरे-धीरे चला गया। मैं चलती तो गिर-गिर पड़ती थी। फिर शरीर की सारी शक्ति लगाकर भाग आई। मैया री भाग्य अच्छे थे कि उसने मेरा हाथ-वाथ नहीं पकड़ा।

अच्छा अब देवदास की बातें जाने दो। अगर मैं उस दुराचारी का सारा वृत्तांत लिखने लगूँ तो इस चिट्ठी में पूरा नहीं आ सकता।

बहन, मैंने तुम्हें कष्ट पहुँचाया है! अगर आज तक भी तुम उसे नहीं भूली होगी तो तुम्हें कष्ट होगा ही। लेकिन उपाय ही क्या है। और इसके लिए अगर मुझ से कोई अपराध हुआ हो तो अपने गुणों के अनुसार अपनी स्नेहाकांक्षिणी मनो बहन को क्षमा कर देना।"

यह पत्र पिछले दिन ही आया था। आज उसने महेन्द्र को बुलाकर कहा, "दो पालकियाँ और बत्तीस कहार चाहिए। मैं इसी समय ताल सोनापुर जाऊँगी।"

महेन्द्र ने चकित होकर पूछा, "पालकियों और कहारों की तो अभी व्यवस्था किए देता हूँ माँ। लेकिन दो पालकियों का क्या होगा।"

पार्वती ने कहा, "बेटा, तुम्हें भी संग चलना पड़ेगा। अगर रास्ते में मर गई तो मरे मुँह में आग लगाने के लिए बड़े बेटे की आवश्यकता होगी न।"

महेन्द्र ने फिर कुछ नहीं कहा। दोनों पालकियों में सवार होकर चल पड़े।

जब चौधरी महाशय ने सुना तो घबराकर नौकरों और दासियों से पूछा। लेकिन कारण कोई भी न बता सका। आखिर उन्होंने दिमाग पर जोर डालकर और भी दस-पाँच दरबानों और दास-दासियों को भेज दिया!

एक सिपाही ने पूछा, "अगर रास्ते में भेंट हो जाए, तो क्या पालकी लौटा लाएँ?"

उन्होंने कुछ सोच-समझकर कहा, "नहीं, इसकी जरूरत नहीं! तुम लोग उनके साथ चले जाना जिससे रास्ते में कोई मुसीबत न आए।"

उसी दिन संध्या के समय दोनों पालकियाँ ताल सोनापुर गाँव में पहुँच गईं।

लेकिन देवदास गाँव में नहीं था। उसी दिन दोपहर को कलकत्ता चला गया था।

पार्वती ने अपना माथा ठोंककर कहा, "भाग्य।"

फिर वह मनोरमा से मिली।

मनोरमा ने पूछा, "क्यों पारो, क्या देवदास से मिलने आई थी?"

पार्वती ने उत्तर दिया, "नहीं, अपने साथ ले जाने के लिए आई थी। यहाँ तो उनका कोई अपना है नहीं।"

मनोरमा अवाक् रह गई। उसने कहा, "यह क्या कह रही है? लाज नहीं आती?"

"लाज काहे की? अपनी चीज आप ले जाने में काहे की लाज।"

"छी, छी, यह कैसी बातें करती हो। तुम्हारा तो कोई रिश्ता-नाता तक नहीं है। ऐसी बात मुँह पर भी न लाना।"

पार्वती ने धीमी-सी हँसी के साथ कहा, "मनो बहन, होश संभालने के दिन से जो बात मन के अंदर बस रही है, वह एकाध बार मुँह से भी निकल जाती है। तुम मेरी बहन हो इसलिए तुमने यह बात सुन ली।"

दूसरे दिन प्रातःकाल पार्वती अपने माता-पिता के चरणों में प्रणाम करके फिर पालकी पर सवार हो गई।

पन्द्रहवाँ परिच्छेद

आज दो वर्ष हुए, चंद्रमुखी ने अशथझूरी नामक गाँव में अपना मकान बनवा लिया है। छोटी-सी नदी के किनारे एक ऊँची जगह पर मिट्टी के बने हुए दो साफ-सुथरे कमरे हैं। पास ही एक छप्पर पड़ा है जिसमें काले रंग की एक मोटी-ताजी गाय बँधी है। दो कमरों में से एक में रसोई बनती है। बर्तन आदि रखे रहते हैं और दूसरे में वह सोती है। आंगन खूब साफ-सुथरा है। रमा बागड़ी की लड़की उसे रोजाना लीप-पोत जाती है। चारों ओर अरंड के पेड़ों की बाड़ है। बीच में बेर का एक पेड़ है और एक ओर तुलसी है। सामने नदी का घाट है। कुछ मजदूर लगाकर और खजूर के पेड़ कटवाकर सीढ़ियाँ तैयार करा ली गई हैं, उसके अतिरिक्त इस घाट का कोई और उपयोग नहीं करता।

जब बरसात में नदी के दोनों किनारे भर जाते हैं तब चंद्रमुखी के मकान के नीचे तक पानी आ जाता है। गाँव के लोग घबराकर कुदाल लिए दौड़ते हुए आ जाते हैं और नीचे मिट्टी डालकर ज़मीन ऊँची कर जाते हैं। इस गाँव में भले लोग नहीं रहते। किसान, अहीर, बागड़ी आदि रहते हैं। दो घर कलवारों के हैं और गाँव के आखिर में दो घर मोचियों के हैं।

इस गाँव में आने पर चंद्रमुखी ने देवदास को समाचार भेज दिया था। उत्तर में देवदास ने कुछ और रुपए भेज दिए थे। चंद्रमुखी गाँव के लोगों को वे रुपए ही उधार दे देती है। आपद-विपदा के समय सभी उसके पास दौड़े चले जाते हैं और रुपए ले जाते हैं। चंद्रमुखी ब्याज नहीं लेती, हाँ उसके बदले में वे लोग केले, मूली, खेत की साग-भाजी आदि स्वयं ही दे जाते हैं। मूलभन के लिए भी वह लोगों को तंग नहीं करती। जो रुपए नहीं दे सकता, वह नहीं देता।

चंद्रमुखी हँसकर कहती हैं, "अब तुम्हें कभी रुपए नहीं दूँगी।"

वह बड़ी विनम्रता से कहता है, "माँ जी, आप आशीर्वाद दें जिससे इस बार फसल अच्छी हो।"

चंद्रमुखी आशीर्वाद देती है फिर भी शायद फसल अच्छी नहीं होती। लगान का तकाजा होता है। वे लोग फिर आते हैं और रोते हुए हाथ जोड़कर खड़े हो जाते

हैं। चंद्रमुखी फिर रुपए दे देती है। और मन-ही-मन हँसती हुई कहती है, वे जीते रहें। मुझे रुपयों की चिंता क्या?

लेकिन वे हैं कहाँ? लगभग छः महीने हो गए हैं। उसे कोई समाचार नहीं मिला। वह चिट्ठी लिखती है लेकिन कोई उत्तर नहीं आता। रजिस्ट्री और चिट्ठी लौट आती है। ग्वाले का एक घर चंद्रमुखी ने अपने घर के पास ही बसाया है। उसके लड़के के विवाह में उसने साढ़े दस गंडे रुपए लड़की वाले को दिए हैं और एक जोड़ी हल भी खरीद दिया है। वह ग्वाला और उसका समूचा परिवार चंद्रमुखी का आश्रित और नितान्त आज्ञाकारी है।

एक दिन सवेरे चंद्रमुखी ने ग्वाले को बुलाकर पूछा, "क्यों भैरव, तुम जानते हो, ताल सोनापुर यहाँ से कितनी दूर है?"

भैरव ने सोचकर कहा, "दो मैदान पार करने के बाद ही वहाँ की कचहरी है।"

चंद्रमुखी ने पूछा, "वहाँ शायद जमींदार रहते हैं?"

भैरव ने कहा, "हाँ, वही इस देश के ज़मींदार हैं। यह गाँव उन्हीं का है। आज तीन बरस हुए, उनका स्वर्गवास हो गया है। उस समय सारी प्रजा ने एक महीने तक वहाँ पूड़ी-मिठाई खाई थी। अब उनके दो लड़के हैं। बहुत बड़े आदमी हैं। बिल्कुल राजा हैं।"

चंद्रमुखी ने कहा, "भैरव, तू मुझे वहाँ ले जा सकता है?"

भैरव ने कहा, "माँ जी, क्यों नहीं ले जा सकता। जिस दिन जी चाहे चलो।"

चंद्रमुखी ने उत्सुक होकर कहा, "तो फिर चलो भैरव, हम लोग आज ही चलें।"

"हाँ।"

"अच्छा तो माँ जी, तुम जल्दी से रसोई कर लो। मैं भी थोड़ी-सी फरूही बाँध लेता हूँ।"

भैरव ने घर जाकर थोड़ी-सी फरूही और गुड़ चादर के पल्ले में बाँध कर चादर कंधे पर डाल ली और थोड़ी देर बाद ही एक लाठी हाथ में लेकर आ गया और बोला, "अच्छा तो चलो माँ जी। लेकिन माँ जी, तुम कुछ खाओगी नहीं?"

चंद्रमुखी ने कहा, "नहीं भैरव, अभी तक पूजा-पाठ नहीं किया है। अगर समय मिला तो वहीं चलकर सब कुछ कर लूँगी।"

भैरव आगे-आगे रास्ता दिखाता हुआ चल दिया। पीछे-पीछे चंद्रमुखी भी बड़ी कठिनाई से मेंड़ पर पाँव रखती हुई चलने लगी। उसके दोनों अनभ्यस्त कोमल पाँव क्षत-विक्षत होकर लहू-लुहान हो गए और धूप से सारा मुँह लाल हो

गया। स्नान और भोजन आदि कुछ भी नहीं हुआ था। तो भी चंद्रमुखी मैदान के बाद मैदान पार करती हुई आगे बढ़ने लगी। खेतों में काम करने वाले किसान चकित होकर उसकी ओर देखने लगते थे।

चंद्रमुखी ने लाल किनारी की धोती पहन रखी थी। हाथों में कड़े थे। माथे के ऊपर आधी दूर तक घूँघट था और सारा शरीर बिछौने की एक मोटी चादर से ढँका हुआ था। सूरज डूबने में अधिक देर नहीं थी। वे दोनों गाँव में पहुँच गए।

चंद्रमुखी ने कुछ हँसकर कहा, "भैरव, तुम्हारे दो मैदान क्या अब जाकर पूरे हुए हैं?"

भैरव ने इस मजाक को न समझकर सरल भाव से उत्तर दिया, "माँ जी, अब तो आ पहुँचे हैं। लेकिन आपका सुखी शरीर ठहरा। आज क्या आप लौट सकेंगी?"

चंद्रमुखी ने मन-ही-मन कहा, "आज की कौन कहे, मैं तो शायद कल भी इस रास्ते पर न चल सकूँगी।" फिर उसने भैरव से कहा, "भैरव, यहाँ गाड़ी नहीं मिलती?"

भैरव ने कहा, "मिलती क्यों नहीं माँ जी, मैं एक बैलगाड़ी ठीक करूँ?"

गाड़ी ठीक करने की आज्ञा देकर चंद्रमुखी ने जमींदार साहब के मकान में प्रवेश किया।

भैरव गाड़ी का इन्तजाम करने के लिए दूसरी ओर चला गया। मकान के अंदर ऊपर वाले बरामदे में बड़ी बहू (आजकल जमींदार की पत्नी) बैठी हुई थीं। एक दासी ने चंद्रमुखी को ले जाकर वहीं पहुँचा दिया। दोनों ने एक दूसरी को अच्छी तरह देखा।

चंद्रमुखी ने नमस्कार किया। बहू के शरीर पर गहने समा नहीं रहे हैं। आँखों के कोनों से अहंकार फटा पड़ रहा है। दोनों होंठ और सारे दाँत मिस्सी के मारे काले हो गए हैं। एक ओर का गाल कुछ ऊँचा है। शायद पान और सुर्ती भरी हुई। सिर के बाल इस तरह खींचकर बाँधे गए हैं कि जूड़ा सिर के अगले भाग से भी ऊपर उठ गया है। दोनों कानों में छोटी-बड़ी सब मिलाकर बीस-पच्चीस बालियाँ हैं। नाक में एक ओर लौंग है और एक ओर एक बड़ा-सा छेद है। लगता है सास के राज में उस छेद में नथ पहनी जाती थी।

चंद्रमुखी ने देखा, बड़ी बहू खूब मोटी-ताजी हैं। खूब मंजा-घिसा शरीर है। रंग खूब काला है। खूब बड़ी-बड़ी आँखें हैं। गोल-मटोल चेहरा है। काली किनारी की साड़ी और कीमती कुरती पहने हैं।

उसे देखकर चंद्रमुखी को कुछ घृणा हुई। उधर बड़ी बहू ने देखा कि हालांकि चंद्रमुखी की उम्र अधिक हो गई है फिर भी रूप उसके बदन में समा नहीं पा रहा–फटा पड़ रहा है। जान पड़ता है, दोनों की अवस्था समान है। लेकिन बड़ी बहू ने मन–ही–मन यह बात स्वीकार नहीं की। इस गाँव में एक पार्वती को छोड़कर और किसी स्त्री में बड़ी बहू ने इतना सौंदर्य नहीं देखा था। उसने चकित होकर पूछा, "तुम कौन हो जी?"

चंद्रमुखी ने कहा, "मैं आपकी ही एक प्रजा हूँ। कुछ मालगुजारी बाकी पड़ी है, वही देने आई हूँ।"

बड़ी बहू ने मन–ही–मन प्रसन्न होकर कहा, "तो फिर यहाँ क्यों आई? कचहरी में जाओ ना।"

चंद्रमुखी ने कुछ मुस्कराकर कहा, "बहूजी, हम लोग गरीब ठहरीं। पूरी मालगुजारी तो दे नहीं सकतीं। सुना है, आप बहुत दयावान हैं। इसीलिए आपके पास आई हूँ। दया करके शायद आप कुछ माफ करा दें।"

इस तरह की बात बड़ी बहू ने अपने जीवन में आज पहली ही बार सुनी कि मुझ में दया है। और मैं मालगुजारी भी माफ करा सकती हूँ। इसलिए चन्द्रमुखी उसकी परमप्रिय पात्री बन गई। उसने कहा, "सो बेटी, दिन भर में इस तरह कितने ही रुपये मुझे छोड़ देने पड़ते हैं। कितने लोग आकर मुझे घेर लेते है और मुझसे 'नही' नहीं किया जाता है। इसके लिए मालिक मुझ पर न जाने कितने नाराज भी होते हैं। हाँ तो तुम्हारे ऊपर कितने रुपये बाकी पड़े हैं?"

"बहुत नहीं केवल दो रुपए। लेकिन मेरे लिए तो जैसे दो ही पहाड़ हो रहे हैं। आज दिन भर रास्ता चलकर यहाँ तक आई हूँ।"

बड़ी बहू ने कहा, "आहा, तो तुम लोग गरीब ठहरीं। हम लोगों का दया करना ही उचित है। अरी बिन्दुमती, इन्हें बाहर ले जा और दीवान जी से मेरा नाम लेकर कह दे कि दो रुपए माफ कर दें। हाँ जी, तुम्हारा मकान कहाँ है?"

चंद्रमुखी ने कहा, "आपके ही राज्य में–उस अशथझूरी गाँव में। क्यों बहूजी, मालिक तो दो हिस्सेदार हैं न?"

बड़ी बहू ने कहा, "फूटे भाग्य! दूसरा हिस्सेदार कौन है? दो दिन बाद सारा हमारा ही तो होगा।"

चंद्रमुखी ने बेचैन होकर पूछा, "क्यों बहूजी, छोटे बाबू पर शायद बहुत ज्यादा कर्ज है?"

बड़ी बहू ने हँसकर कहा, "सब हमारे पास ही गिरवी है। छोटे बाबू एकदम बर्बाद हो गए हैं। कलकत्ता में शराब और रंडी–बस इन्हीं को लेकर रहते हैं। न जाने कितने रुपये उड़ा दिए कोई ठिकाना है!"

चंद्रमुखी का मुँह सूख गया। उसने कुछ रुककर पूछा, "तो हाँ बहूजी, अब छोटे बाबू कभी नहीं आते?"

बड़ी बहू ने कहा, "आते क्यों नहीं हैं? जब रुपयों की जरूरत होती है आ जाते हैं। कर्ज लेकर और जायदाद गिरवी रखकर चले जाते हैं। अभी कोई दो महीने हुए, आये थे। बारह हजार रुपये ले गए हैं। अब उनके बचने के भी कोई लच्छन नहीं दिखाई देते। सारे बदन में बहुत ही खराब बीमारी हो गई है... छी: छी:।"

चंद्रमुखी काँप उठी। उदास होकर पूछा, "वह कलकत्ता में कहाँ रहते हैं?"

बड़ी बहू ने सिर पीटकर हँसते हुए कहा, "कम्बख्ती, क्या कोई जानता है वे कहाँ रहते हैं? कहीं किसी होटल में खा-पी लेते हैं। जिस-तिस के घर पड़े रहते हैं। वह जाने और उनकी शराब जाने।"

चंद्रमुखी एकदम उठ खड़ी हुई बोली और "अच्छा तो मैं जाती हूँ।"

बड़ी बहू ने कुछ हैरान होकर पूछा, "तुम जाओगी? अच्छा...अरे बिन्दुमती।"

चंद्रमुखी ने रोककर कहा, "नहीं बहूजी, आप रहने दीजिए। मैं खुद ही कचहरी चली जाऊँगी।"

इतना कहकर धीरे-धीरे वहाँ से चली गई। मकान के बाहर आकर देखा-भैरव खड़ा उसका इन्तजार कर रहा है और बैलगाड़ी तैयार है।

चंद्रमुखी उसी रात को अपने घर लौट आई।

सवेरे उसने फिर भैरव को बुलाकर कहा, "भैरव, आज मैं कलकत्ता जाऊँगी। तुम तो जा नहीं सकोगे। इसलिए तुम्हारे लड़के को ले जाऊँगी। क्या कहते हो?"

भैरव ने कहा, "जैसी तुम्हारी इच्छा। लेकिन कलकत्ता क्यों जा रही हो माँ जी? वहाँ कोई खास काम है?"

चंद्रमुखी ने उत्तर दिया, "हाँ भैरव, एक खास काम है"

"और माँ जी, लौटोगी कब?"

"यह तो अभी कह नहीं सकती भैरव! शायद जल्दी ही लौट आऊँगी। देर भी तो हो सकती है। और अगर लौटकर न आई तो यह सारा घर तुम्हारा रहेगा।"

पहले तो भैरव अवाक् रह गया। फिर उसकी आँखें भर आईं। उसने कहा, "माँ जी, आप यह कैसी बात कहती हैं। अगर आप लौटकर नहीं आएँगी तो इस गाँव के लोग जीते न बचेंगे।"

चंद्रमुखी ने डबडबाई आँखों से कुछ मुस्कराते हुए कहा, "यह क्या भैरव, मैं तो दो ही बरस से यहाँ आई हूँ। इससे पहले क्या लोग जीते नहीं थे।"

इस बात का उत्तर मूर्ख भैरव न दे सका। लेकिन चंद्रमुखी ने मन-ही-मन सब कुछ समझ लिया।

जब वह गाड़ी पर जरूरी सामान लदवाकर सवार होने लगी तो गाँव भर की स्त्रियाँ और पुरुष सभी उसे देखने आए और रोने लगे। स्वयं चंद्रमुखी की आँखों से भी आँसू मचल उठे। कलकत्ते का तो मूल्य ही क्या? अगर उसे देवदास के लिए जाना न होता तो वह कलकत्ते की रानी का पद पाने के लिए भी इतने प्रेम को छोड़कर न जाती।

* * *

दूसरे दिन वह क्षेत्रमिण के घर पहुँच गई। उसके पहले वाले मकान में कोई आकर रहने लगा था।

क्षेत्रमणि उसे देखकर हैरान रह गई, "अरे बहन, तुम इतने दिन कहाँ रहीं?"

चंद्रमुखी ने वास्तविक ठिकाना छिपाकर कहा, "मैं इलाहाबाद में थी?"

क्षेत्रमणि ने हँसते हुए कहा, "सब हैं।"

उसी दिन उसने बनिये से मिलकर पूछा, "क्यों दयाल, अब मेरे और कितने रुपये बाकी निकलते हैं?"

दयाल बड़ी आफत में फँस गया। बोला, "यही कोई साठ-सत्तर रुपये होंगे। आज नहीं, वो दो दिन बाद दे दूँगा।"

"तुम्हें कुछ देना नहीं होगा। बस मेरा एक काम कर दो।"

"क्या काम?"

"बस यही कि तुम्हें दो दिन कुछ मेहनत करनी पड़ेगी। हम लोगों के मुहल्ले में एक मकान किराए पर लेना होगा.... समझे?"

दयाल ने हँसकर कहा, "हाँ समझ गया।"

"जरा अच्छा मकान हो। खूब अच्छा बिछौना, तकिए, चादर, रोशनी, तस्वीरें, दौ कुर्सियाँ, एक मेज... समझ गए ना।"

दयाल ने सिर हिला दिया।

"शीशा, कंघी, दो जोड़ी रंगीन धोतियाँ, पहनने के कुरती-और बढ़िया गिलट किए हुए गहने कहाँ मिलते हैं, जानते हो?"

दयाल ने पता बता दिया।

चंद्रमुखी ने कहा, "एक सेट गिलट के अच्छे गहने भी देखकर खरीदने होंगे। मैं साथ चलकर पसंद कर लूँगी।" फिर कुछ हँसकर बोली, "हम लोगों को जो कुछ चाहिए सब जानते तो हो तुम। और एक दासी भी ठीक करनी होगी।"

दयाल ने पूछा, "यह सब कब तक चाहिए।"

"जितनी जल्दी हो सके। दो-तीन दिन में ही सारी व्यवस्था हो जाए तो अच्छा है," यह कहकर चंद्रमुखी ने उसके हाथ में सौ रुपये का एक नोट देकर कहा, "देखो, सब चीजें अच्छी लेना। किफायत के चक्कर में न पड़ना।"

* * *

तीसरे दिन चंद्रमुखी अपने नए मकान में आ गई। उसने दिन भर केवलराम के साथ अपनी इच्छानुसार मकान की सजावट की और शाम होने से पहले ही श्रृंगार करने बैठ गई। साबुन से मुँह धोकर पाउडर लगाया। आल्ता घोलकर पैरों में लगाया। पान खाकर होंठ लाल किए। इसके बाद सारे शरीर में गहने पहनकर और कुरती डालकर रंगीन साड़ी पहनी। बहुत दिनों के बाद बाल सँवारकर माथे पर बिंदी लगाई। फिर शीशे में अपने-आपको देखकर मन-ही-मन हँसते हुए कहा, "इस फूटे भाग्य में अभी न जाने क्या-क्या बदा है।"

देहाती बालक केवलराम ने अचानक यह नया साज-श्रृंगार और कपड़े-लत्ते देखकर डरते हुए पूछा, "बहिन , यह क्या?"

चंद्रमुखी ने हँसते हुए कहा, "केवल, आज मेरे वर आएँगे।"

केवलराम चकित होकर देखता रह गया।

संध्या के समय क्षेत्रमणि उससे मिलने आई उसने पूछा, "बहन, यह सब क्या है?"

चंद्रमुखी ने मुस्कराते हुए कहा, "फिर से यह सब चाहिए न।"

क्षेत्रमणि कुछ देर तक उसे देखती रही। फिर बोली, "बहन की उम्र जितनी बढ़ रही है सौंदर्य भी उतना ही बढ़ रहा है।"

उसके चले जाने के बाद चंद्रमुखी बहुत दिनों के बाद फिर पहले की तरह खिड़की के पास आ बैठी। वहाँ से टकटकी लगाए सड़क की ओर देखती रही, बस यही उसका काम था। इसी के लिए वह यहाँ रहेगी। बराबर यही करती रहेगी।

कभी कोई आदमी आना चाहता है और ऊपर आकर दरवाजा खटखटाता है तो केवलराम रटे हुए पाठ की तरह अंदर से ही कह देता है, "यहाँ नहीं।"

कभी-कभी कोई पुरानी जान-पहचान वाला भी आ जाता है। चंद्रमुखी उसे बैठाकर हँस-हँस कर बातें करती है और बातों-ही-बातों में देवदास के बारे में

पूछती है। लेकिन वह कुछ बता नहीं पाता। फिर उसे यों ही विदा कर देती है।

जब अधिक रात बीत जाती है तो खुद ही बाहर निकल पड़ती है। मुहल्ले-मुहल्ले, दरवाजे-दरवाजे घूमती फिरती है। छिपकर दरवाजों पर कान लगाकर बातचीत सुनना चाहती है। लेकिन वह नाम कहीं भी सुनाई नहीं देता। कभी-कभी कोई मुँह ढँककर अचानक उसके बहुत निकट आ जाता है और उसे छूने के लिए हाथ बढ़ाता है। तब वह घबराकर पीछे हट जाती है। दोपहर को अपनी पुरानी परिचित सहेलियों के घर घूमने चली जाती है।

बातों-बातों में पूछती है, "किसी देवदास को जानती हो?"

वे पूछतीं, "कौन देवदास?"

चंद्रमुखी उत्सुकता से बताने लगती है, "गोरा रंग, घुँघराले बाल, माथे पर बायीं ओर चोट का निशान-बहुत बड़े आदमी हैं। बहुत रुपये खर्च करते हैं। पहचानती हो?"

लेकिन कोई पता नहीं बता पाता। निराश और दु:खी चंद्रमुखी घर लौट आती है और काफी रात तक जागती हुई सड़क की ओर देखती रहती है। नींद आने पर झल्ला उठती है और मन-ही-मन कहने लगती, "यह क्या मेरे सोने का समय है?"

धीरे-धीरे एक महीना बीत गया। केवलराम भी घबरा गया। अब स्वयं चंद्रमुखी को भी संदेह होने लगा कि शायद देवदास यहाँ नहीं है। तो भी आस लगाए देवताओं के चरणों में तन-मन से प्रार्थना करती हुई दिन-पर-दिन बिताने लगी।

उसे कलकत्ता आए डेढ़ महीना हो गया। आज रात को उसका भाग्य प्रसन्न हुआ। उस समय रात के ग्यारह बजे थे। वह निराश होकर घर लौट रही थी कि उसने देखा-सड़क के किनारे एक दरवाजे के सामने एक आदमी बैठा मन-ही-मन बड़बड़ा रहा है। चंद्रमुखी का कलेजा उछलने लगा। यह आवाज तो परिचित है। लाखों-करोड़ों आदमियों में भी वह इस आवाज को पहचान सकती है। उस स्थान पर कुछ अँधेरा था। उस पर वह आदमी शराब के नशे में चूर होने के कारण औंधा पड़ा था।

चंद्रमुखी ने उसके पास पहुँचकर उसके शरीर पर हाथ रखकर पूछा, "क्यों जी, तुम कौन हो? इस तरह क्यों पड़े हो?"

उस आदमी ने कुछ गाने के सुर में कहा; "सुनो सखी, यह मनसा का मानस पाऊँ यदि गिरधर-सा स्वामी।"

अब चन्द्रमुखी को संदेह नहीं रह गया। उसने पुकारा, "देवदास।"

देवदास ने उसी तरह कहा, "हूँ।"

"यहाँ क्यों पड़े हो? घर चलो।"

"नहीं। यहीं अच्छा हूँ।"

"थोड़ी शराब पियोगे?"

"हाँ पीऊँगा," इतना कहकर उसने जोर से चंद्रमुखी का गला पकड़ लिया और बोला, "भाई, तुम मेरे ऐसे मित्र कौन हो?"

चंद्रमुखी की आँखों से आँसू बहने लगे।

देवदास बड़ी कठिनाई से लड़खड़ाते हुए उसका गला पकड़कर उठा और उसके मुँह की ओर देखकर बोला, "वाह, यह तो बहुत बढ़िया चीज है देवदास।"

चन्द्रमुखी रोते-रोते हँस पड़ी। उसने कहा, "हाँ, बहुत बढ़िया चीज है। अब मेरे कंधे का सहारा लेकर आगे बढ़ो। एक गाड़ी की जरूरत तो होगी...।"

"हाँ, जरूरत क्यों नहीं होगी।"

रास्ता चलते-चलते देवदास ने भरे गले से पूछा, "सुंदरी, तुम मुझे पहचानती हो?"

"हाँ पहचानती हूँ" चंद्रमुखी ने कहा।

देवदास ने गाकर कहा, "और लोग तो भूल गए हैं, भाग्य यही है... मैं पहचानूँ।"

इसके बाद वह गाड़ी पर सवार होकर और चंद्रमुखी के कंधे पर भार रखकर घर पहुँच गया।

दरवाजे के पास रुककर देवदास ने अपनी जेबें टटोलकर कहा, "सुंदरी, तुम मुझे रास्ते से उठा तो लाई। लेकिन मेरी जेब में तो कुछ भी नहीं है।"

चंद्रमुखी चुपचाप उसका हाथ खींचती हुई अंदर ले गई और उसे बिस्तर पर लिटाकर बोली, "अच्छा, अब तुम सो जाओ।"

देवदास ने उसी तरह लड़खड़ाते स्वर में कहा, "कोई मतलब है क्या? पर मैं तो पहले ही कह चका हूँ, मेरी जेब खाली है। कुछ भी मिलने की आशा नहीं। समझी सुंदरी?"

चंद्रमुखी पहले ही समझ चुकी थी। बोली, "कल दे देना।"

देवदास ने कहा, "इतना विश्वास करना तो अच्छा नहीं। क्या चाहती हो, साफ-साफ बता दो।"

"कल बताऊँगी," चंद्रमुखी ने कहा और साथ वाले कमरे में चली गई।

जिस समय देवदास की आँखें खुली दिन चढ़ आया था। उसने इधर-उधर देखा, कमरे में कोई नहीं था।

चंद्रमुखी स्नान कर नीचे रसोई की तैयारी करने गई थी। देवदास ने देखा, वह पहले इस घर में कभी नहीं आया है। वहाँ की एक भी चीज पहचान नहीं सका। पिछली रात की भी कोई बात उसे याद नहीं आई, केवल किसी की आत्मीयता भरी सेवा की याद आ गई। किसी ने बहुत ही स्नेह से उसे लाकर सुला दिया था।

उसी समय चंद्रमुखी ने कमरे में प्रवेश किया। रात के साज-शृंगार में उसने बहुत कुछ परिवर्तन कर दिया है। शरीर पर गहने जरूर हैं लेकिन न तो रंगीन साड़ी है, न माथे पर बिन्दी है और न होंठों पर पान की लाली। एक बहुत ही मामूली-सी धोती पहने उस कमरे में प्रवेश किया।

देवदास अचानक उसके चेहरे की ओर देखकर हँस पड़ा, "कल कहाँ से डाका डालकर मुझे ले आई?"

चंद्रमुखी ने कहा, "डाका नहीं डाला। रास्ते में पड़ा पाया था, उठा लाई।"

देवदास ने सहसा गंभीर होकर कहा, "अच्छा, खैर यह तो हुआ। लेकिन तुमने यह सब फिर शुरू कर दिया? तुम्हारे बदन पर तो गहने ही नहीं समा रहे। ये सब किसने दिए?"

चंद्रमुखी ने तीखी नजरों से देवदास की ओर देखकर कहा, "फिर?"

देवदास ने हँसकर कहा, "नहीं, नहीं, सो नहीं कहता। जरा-सा मजाक करने में क्या हर्ज है? कब आईं?"

"डेढ़ महीना हो गया," चंद्रमुखी ने बताया।

देवदास ने मन-ही-मन कुछ हिसाब-सा लगाया। फिर पूछा, "हमारे घर गई थीं, उसके बाद ही आई हो?"

चंद्रमुखी ने चकित होकर पूछा, "तुम्हारे मकान पर गई थी। यह कैसे मालूम हुआ?"

देवदास ने कहा, "तुम्हारे जाने के बाद ही मैं घर गया था। जो दासी तुम्हें भाभी के पास ले गई थी, उसी से सुना कि कल अशथझूरी गाँव से एक स्त्री आई थी जो बहुत ही सुंदर थी। फिर समझने के लिए क्या बाकी रह गया। लेकिन इतने गहने फिर से क्यों बनवाए?"

"बनवाए नहीं हैं, खरीदे हैं। सब गिलट के हैं। कलकत्ता आकर ही खरीदे

हैं। तुम्हारे लिए फिर कितने रुपये बेकार खर्च करने पड़े हैं। उस पर भी तुम कल मुझे पहचान न सके।"

देवदास हँस पड़ा "पहचान तो बिल्कुल ही नहीं सका। लेकिन सेवा को जरूर पहचान गया। कई बार ध्यान आया कि मेरी चंद्रमुखी को छोड़कर इतनी सेवा और कौन कर सकता है मेरी।"

खुशी के मारे चंद्रमुखी का जी रोने को चाहने लगा। कुछ देर चुप रहने के बाद उसने कहा, "देवदास, अब तो मुझसे उतनी घृणा नहीं करते?"

"नहीं। बल्कि प्रेम करता हूँ।" देवदास ने उत्तर दिया।

दोपहर को स्नान करने के समय चंद्रमुखी ने देखा, देवदास के पेट पर फलालेन का एक टुकड़ा बँधा है। वह भयभीत हो उठी–"यह क्या है? तुमने फलालेन क्यों बाँध रखी है?"

देवदास ने कहा, "पेट में कुछ दर्द पैदा होता है। तुम इस तरह घबरा क्यों रही हो?"

चंद्रमुखी ने माथा पीटकर कहा, "कहीं तुमने सर्वनाश तो नहीं कर डाला? कलेजे में तो दर्द नहीं है?"

"चंद्रमुखी, लगता है वही हो गया है," देवदास ने कहा।

उसी दिन डाक्टर ने भी आकर बहुत देर तक जाँच-पड़ताल करके ठीक यही आशंका प्रकट की। दवा की ओर हिदायत दी कि अगर पूरी सावधानी न बरती गई तो बहुत बड़ा अनिष्ट हो सकता है। अर्थ दोनों ने ही समझ लिया। वासे पर खबर भेजकर धर्मदास को बुलाया गया। दवा-दारू के लिए रुपये मँगाए गए। दो दिन इसी तरह बीत गए। तीसरे दिन उसे ज्वर आ गया।

देवदास ने चंद्रमुखी को बुलाकर कहा, "बहुत अच्छे समय पर आ गईं तुम। नहीं तो फिर देख भी न पातीं।"

आँखें पोंछकर चन्द्रमुखी जी-जान से सेवा करने लगी। उसने दोनों हाथ जोड़कर भगवान से प्रार्थाना की, "भगवान! मैंने सपने में यह आशा नहीं की थी कि मैं ऐसे असमय में इनके इतने काम आऊँगी। तुम देवदास को अच्छा कर दो?"

लगभग एक महीने से अधिक दिनों तक देवदास बिस्तर पर पड़ा रहा। इसके बाद वह धीरे-धीरे अच्छा होने लगा। बीमारी बहुत बढ़ न सकी।

एक दिन देवदास ने कहा, "चंद्रमुखी, तुम्हारा नाम बहुत बड़ा है। हमेशा पुकारने में दिक्कत होती है। मैं इसे जरा छोटा कर देना चाहता हूँ।"

"अच्छी बात है," चंद्रमुखी ने कहा।

"अच्छा तो फिर आज से मैं तुम्हें बहू कहकर पुकारा करूँगा।"

चंद्रमुखी हँस पड़ी। बोली, "माना कि इस नाम से पुकारोगे। लेकिन इसका कुछ अर्थ भी तो होना चाहिए।"

"क्या सभी बातों का अर्थ हुआ करता है। यह मेरी साध है।"

"अगर साध है तो पुकारा करो। लेकिन क्या वह नहीं बताओगे कि यह साध मन में क्यों पैदा हुई?"

"नहीं, तुम कभी इसका कारण पूछ भी न सकोगी।"

चंद्रमुखी ने सिर हिलाकर कहा, "अच्छा, ऐसा ही सही।"

देवदास बहुत देर तक चुप रहा, फिर सहसा गंभीर भाव से पूछ बैठा, "अच्छा बहू, तुम मेरी कौन हो जो इतने जी-जान से मेरी सेवा कर रही हो?"

चंद्रमुखी लजीली वधू भी नहीं थी और बोल पाने में असमर्थ बालिका भी नहीं। देवदास की ओर शांत नजरों से देखते हुए स्नेह भरे स्वर में बोली, "क्या तुम अब भी नहीं समझ सके? तुम मेरे सर्वस्व हो।"

देवदास दीवार की ओर देख रहा था। उसी ओर देखते हुए धीरे से बोला, "सो तो समझ गया हूँ। लेकिन इससे वैसा आनंद नहीं महसूस कर पाता। मैं पार्वती को कितना चाहता हूँ, वह भी मुझे कितना चाहती है। लेकिन फिर भी उसे कितना दुःख है। ढेर सारे दुःख पाकर सोचा था कि फिर कभी इन फन्दों में नहीं फँसूँगा। और अपनी इच्छा से फँसा भी नहीं। लेकिन तुमने ऐसा क्यों किया? मुझे जबरदस्ती क्यों बाँध लिया?"

कुछ देर चुप रहने के बाद वह फिर कहने लगा, "बहू, शायद पार्वती की तरह तुम भी दुःख उठाओगी।"

चंद्रमुखी आंचल से मुँह ढँक कर पलंग के किनारे चुपचाप बैठी रही।

देवदास फिर कोमल स्वर में कहने लगा, "तुम दोनों में आपस में कितना अंतर है, फिर भी कितनी समानता है। एक आत्माभिमानिनी और तेज-तर्रार है। और दूसरी कितनी शांत और संयत है। वह कुछ भी सहन नहीं कर सकती और तुम कितना सहन करती हो। उसका कितना यश और सुनाम है और तुम कितनी बदनाम हो। उससे सभी प्रेम करते हैं। और तुमसे कोई प्रेम नहीं करता। लेकिन फिर भी मैं तुमसे प्रेम करता हूँ।.... करता तो हूँ ही।"

इसके बाद देवदास ने एक ठंडी साँस लेकर कहा, "मैं यह तो नहीं जानता कि पाप और पुण्य के निर्णायक क्या निर्णय देंगे लेकिन मृत्यु के बाद मिलना संभव हुआ तो मैं कभी तुम से दूर नहीं रह सकूँगा।"

चंद्रमुखी ने चुपचाप रोते-रोते आँसुओं से अपनी छाती भिगो डाली। वह मन-ही-मन भगवान से प्रार्थना करने लगी, "भगवान! यदि किसी समय किसी भी जन्म में इस पापिन के पापों का प्रायश्चित हो तो मुझे यही पुरस्कार देना।"

लगभग दो मास बीत चुके हैं। देवदास को रोग से छुटकारा मिल चुका है लेकिन उसका शरीर पूरी तरह स्वस्थ नहीं हुआ है। इसलिए वायु-परिवर्तन आवश्यक है। वह कल पश्चिम की ओर घूमने चला जाएगा। उसके साथ केवल धर्मदास जाएगा।

चंद्रमुखी जिद करने लगी, "आखिर तुम्हें एक दासी की भी तो आवश्यकता होगी। मुझे भी साथ ले चलो।"

देवदास ने कहा, "छीः, यह नहीं हो सकता। और चाहे जो भी करूँ लेकिन इतना निर्लज्ज नहीं बन सकता।"

चंद्रमुखी एकदम चुप हो गई। वह नासमझ नहीं थी इसलिए बड़ी आसानी से समझ गई। और चाहे जो हो, इस संसार में उसका सम्मान नहीं है। उसके स्पर्श से देवदास को सुख मिलेगा, सेवा मिलेगी लेकिन सम्मान नहीं मिलेगा।

"अब कब दर्शन पाऊँगी?" चंद्रमुखी ने आँसू पोंछ कर पूछा।

"कुछ कह नहीं सकता। अगर जीवित रहा तो तुम्हें कभी भी नहीं भूलूँगा। तुम्हें देखने की प्यास कभी नहीं बुझेगी।"

चंद्रमुखी ने प्रणाम किया और हट कर एक ओर खड़ी हो गई। फिर बोली, "मेरे लिए इतना ही बहुत है। इससे अधिक की मैं आशा भी नहीं करती।"

चलते समय देवदास ने दो हजार रुपये चंद्रमुखी के हाथ में देकर कहा, "इन्हें रखो। मनुष्य के शरीर का कोई विश्वास नहीं। अंत में क्या तुम मंझधार में डूबोगी?"

चंद्रमुखी समझ गई। उसने हाथ बढ़ाकर रुपये ले लिए। फिर आँखें पोंछ कर बोली, "एक बात मुझे बताते जाओ।"

"क्या?" देवदास ने उसकी ओर देखकर पूछा।

"बड़ी बहू ने कहा था कि तुम्हारे शरीर में बुरा रोग लगा है, सो क्या यह बात ठीक है?" चंद्रमुखी ने पूछा।

इस प्रश्न को सुनकर देवदास दुःखी हो उठा। उसने कहा, "बड़ी बहू सब कुछ कह सकती है। लेकिन अगर रोग होता तो क्या तुम्हें पता न चलता? मेरी कौन-सी बात है जिसे तुम नहीं जानती? इस बात में तो तुम पार्वती से भी बढ़कर हो।"

चंद्रमुखी आँसू पोंछकर बोली, "चलो कुशल हुई। जान बची। लेकिन फिर भी बहुत सावधानी से रहना। एक तो तुम्हारा शरीर पूरी तरह स्वस्थ नहीं है। किसी दिन कहीं भूल न कर बैठना।"

उत्तर में देवदस केवल हँस दिया।

चंद्रमुखी ने कहा, "एक भीख माँगती हूँ। अगर तुम्हारी तबियत जरा-सी भी खराब हो तो तुम मुझे खबर दे दोगे।"

देवदास ने उसकी ओर देखा और फिर सिर हिलाकर बोला, "क्यों नहीं बहू।"

चंद्रमुखी ने एक बार फिर प्रणाम किया और रोती हुई दूसरे कमरे में चली गई।

सोलहवाँ परिच्छेद

कलकत्ता छोड़ने के बाद जब देवदास कुछ दिनों तक इलाहाबाद में रहा तब एक दिन अचानक उसने चंद्रमुखी को पत्र लिखा, "बहू, मैंने सोचा था कि अब मैं कभी किसी से प्रेम नहीं करूँगा। प्रेम करके खाली हाथ लौट आना बहुत ही कष्टदायक होता है। उस पर किसी को अपनाकर प्रेम करने के प्रयास जैसी विडम्बना इस संसार में और कोई नहीं है।"

उस पत्र के उत्तर में चंद्रमुखी ने क्या लिखा था यह जानना आवश्यक नहीं, लेकिन इन दिनों देवदास बार-बार सोचने लगता कि अगर एक बार चंद्रमुखी यहाँ आ जाए तो अच्छा हो। लेकिन तत्काल ही डरते हुए सोचने लगता कि नहीं, नहीं, चंद्रमुखी को यहाँ नहीं आना चाहिए। अगर कहीं पार्वती को पता लग गया तो?

इस प्रकार एक बार पार्वती और एक बार चंद्रमुखी उसके हृदय में निवास करने लगतीं। कभी-कभी उसके मानस पटल पर उन दोनों के ही चेहरे बार-बार उभर आते, जैसे–दोनों में परस्पर प्रगाढ़ स्नेह हो गया हो।

उसके मन में दोनों ही पास-पास विराजतीं। कभी-कभी तो अचानक ही उसे ऐसा जान पड़ता जैसे वे दोनों सो गई हों एक साथ। और तब उसे अचानक सूना-सूना सा लगने लगता। केवल एक प्राणहीन अतृप्ति ही उसके अंतर में एक मिथ्या प्रतिध्वनि की तरह घूमती रहती, गूँजती रहती।

कुछ दिनों बाद देवदास लाहौर चला गया। वहाँ चुन्नीलाल व्यवसाय कर रहा था। खबर पाते ही वह मिलने के लिए आया। बहुत दिनों बाद दोनों मित्र मिले। वे लज्जित भी हुए और प्रसन्न भी हुए। देवदास फिर शराब पीने लगा। उसे चंद्रमुखी की याद आती। उसने शराब पीने के लिए मना कर दिया था। उसे ध्यान आता कि वह कितनी बुद्धिमति है। कितनी शांत और धीर-गंभीर है। उसे कितना स्नेह करती है। पार्वती इस समय सो गई है। लेकिन कभी-कभी बुझते हुए दीपक की लौ की तरह धधक उठती है।

लाहौर की जलवायु देवदास के अनुकूल सिद्ध नहीं हुई। बीच-बीच में तबियत खराब हो जाती। पेट के पास फिर दर्द महसूस होने लगा।

धर्मदास ने एक दिन रोते हुए कहा, "देवता, तुम्हारी तबियत फिर खराब रहने लगी है, और कहीं चलो।"

देवदास ने अनमने भाव से कहा, "अच्छा चलो।"

देवदास अकसर अपने डेरे पर शराब नहीं पीता था। चुन्नीलाल के आने पर

कभी-कभी पी लेता था। किसी दिन बाहर चला जाता था। जब रात बीतने लगती थी तब घर लौट आता था। और किसी-किसी दिन बिल्कुल ही नहीं आता था। अचानक दो दिन तक उसकी शक्ल ही नहीं दिखाई दी। रो-रो कर धर्मदास का बुरा हाल हो गया। उसने न कुछ खाया न पिया। तीसरे दिन वह बुखार लिए घर लौटा। बिस्तर पर लेटा तो उठ न सका। तीन-चार डॉक्टर आकर उसका इलाज करने लगे।

धर्मदास ने कहा, "देवता, माँ के पास खबर भेज देता हूँ।"

देवदास ने जल्दी से बीच में ही रोककर कहा, "छी-छी, भला माँ को मैं यह मुँह दिखा सकता हूँ।"

धर्मदास ने समझाया, "रोग-शोक तो सभी के साथ लगे हैं। लेकिन क्या इसीलिए इतनी बड़ी विपत्ति के समय माँ से भी मुँह छिपाना चाहिए? कोई लज्जा की बात नहीं है। काशी चलो।"

देवदास ने मुँह फेर कर कहा, "नहीं धर्मदास, मैं ऐसे समय उनके पास नहीं जा सकूँगा। पहले अच्छा हो लूँ, तब चलूँगा।"

धर्मदास ने एक बार सोचा कि चंद्रमुखी की चर्चा करूँ। लेकिन वह उससे इतनी घृणा करता था कि उसका ध्यान आते ही चुप हो गया। स्वयं देवदास को उसकी याद अकसर आती रहती थी। लेकिन कुछ कहने की इच्छा नहीं होती थी। कुछ दिनों बाद वह धीरे-धीरे अच्छा होने लगा। एक दिन वह उठकर बैठ गया और बोला, "चलो धर्मदास, अब और कहीं चलें।"

"भैया, कहीं और चलने की जरूरत नहीं है। अब या तो घर चलो या माँ के पास चलो।"

सारा सामान बाँधकर और चुन्नीलाल से विदा होकर देवदास फिर इलाहाबाद आ गया। तबियत काफी अच्छी थी। कुछ दिनों तक वहाँ रहने के बाद एक दिन उसने धर्मदास से कहा, "धर्म किसी नई जगह क्यों न चला जाए? कभी बम्बई नहीं देखा। चलोगे?"

देवदास का आग्रह देखकर इच्छा न होने पर भी धर्मदास चलने को सहमत हो गया।

जेठ का महीना था। बम्बई में इतनी अधिक गर्मी नहीं पड़ती। वहाँ पहुँचकर देवदास की तबियत और अच्छी हो गई।

"अब घर क्यों न चला जाए?" धर्मदास ने पूछा

"नहीं, बहुत मजे में हूँ। कुछ दिन यहाँ और रहूँगा।"

एक साल बीत गया।

भादो के महीने में एक दिन सवेरे-सवेरे धर्मदास के कंधे का सहारा लेकर देवदास बम्बई के अस्पताल से निकला और अपने डेरे में आ गया।

धर्मदास ने कहा "देवता, मैं तो कहता हूँ कि अब माँ के पास ही चलना ठीक है।"

देवदास की आँखों में आँसू आ गए। कई दिनों से उसे केवल माँ की याद आ रही थी। अस्पताल में पड़े-पड़े वह अकसर सोचता रहा है कि इस संसार में मेरे सभी हैं, फिर भी कोई नहीं है। माँ है, बड़े भाई हैं, बहन से भी बढ़कर पार्वती है चंद्रमुखी भी है। उसके सभी हैं लेकिन वह किसी का भी नहीं है।

धर्मदास भी रोने लगा था, "तो फिर भैया, माँ के पास चल कर ही रहना।"

देवदास ने मुँह फेरकर आँसू पोंछे और कहा, "नहीं धर्मदास, माँ को मुँह दिखाने की इच्छा नहीं होती। मुझे अब भी ऐसा लगता है कि वह समय अभी नहीं आया है।"

बूढ़ा धर्मदास बिलख-बिलख रोने लगा और बोला, "भैया, माँ तो अब भी जिंदा है।"

इस बात से कितनी पीड़ा पहुँची दोनों ने ही इसका अनुभव किया।

देवदास की हालत बहुत खराब हो गई है। सारा पेट तिल्ली और जिगर से भर गया है। उस पर बुखार और खाँसी भी है। रंग गहरा काला पड़ गया है। शरीर हड्डियों का ढाँचा बनकर रह गया है। आँखें बिल्कुल धँस गई हैं। केवल एक अस्वाभाविक प्रकाश से चमक रही हैं, सिर के बाल रूखे और सीधे हो गए हैं। जो कोशिश करने पर गिने भी जा सकते हैं। हाथों की उँगलियों की ओर ध्यान देने से घृणा होती है। दुर्बल शरीर उस पर घिनौने रोग के निशान।

स्टेशन पहुँचने पर धर्मदास ने पूछा, "देवता कहाँ का टिकट लूँ।"

देवदास ने कुछ सोचकर कहा, "चलो घर चलें। उसके बाद देखा जाएगा।"

गाड़ी का समय आने पर वे हुगली का टिकट खरीदकर सवार हो गए। धर्मदास देवदास के पास ही रहा।

शाम से कुछ पहले ही देवदास की आँखें जलने लगीं। उसे फिर ज्वर हो गया। उसने धर्मदास से कहा, "धर्मदास घर पर पहुँच पाना भी शायद कठिन होगा।"

धर्मदास ने डरते-डरते पूछा, "क्यों भैया?"

देवदास ने हँसने की कोशिश करते हुए इतना ही कहा, "मुझे फिर बुखार हो गया, धर्मदास।"

गाड़ी जिस समय काशी से आगे बढ़ी उस समय देवदास बुखार में बेहोश

पड़ा था। पटना के पास पहुँचकर उसे कुछ होश आया उसने कहा, "देखो धर्मदास, माँ के पास पहुँचना तो सचमुच ही नहीं हो सका।"

धर्मदास ने कहा, "चलो भैया, हम लोग पटना में उतरकर किसी डाक्टर को दिखा लें।"

"नहीं, रहने दो। हम लोग घर ही चलेंगे", देवदास ने कहा।

गाड़ी जिस समय पांडुआ स्टेशन पर पहुँची, तड़का हो गया था। रात भर बरसने के बाद पानी अब बंद हो गया है। देवदास उठकर खड़ा हो गया। नीचे धर्मदास सोया हुआ है। उसने धीरे से एक बार उसका माथा छुआ लेकिन मारे लज्जा के जगा नहीं सका। धीरे से दरवाजा खोलकर बाहर निकल आया। ट्रेन सोते हुए धर्मदास को लिए आगे बढ़ गई।

देवदास काँपता-काँपता स्टेशन के बाहर निकला एक घोड़ागाड़ी के गाड़ीवान को बुलाकर पूछा, क्यों भाई, हाथीपोता ले चलोगे?

गाड़ीवान ने एक बार उसकी ओर देखा और फिर इधर-उधर देखकर बोला, "नहीं बाबूजी रास्ता ठीक नहीं है। इस बरसात में घोड़ागाड़ी वहाँ न जा सकेगी।

देवदास ने बैचेन होकर पूछा, "पालकी मिलेगी?"

"नहीं।" गाड़ीवान ने उत्तर दिया।

निराश होकर देवदास वहीं बैठ गया। मन में आशंका उठी-तो क्या वहाँ जाना न हो सकेगा? उसके चेहरे पर उसके जीवन की अंतिम घड़ियाँ गहराई से अंकित हो उठी थीं, जिसे एक अंधा भी पढ़ सकता था।

गाड़ीवान ने पिघलकर पूछा, "बाबूजी, कोई बैलगाड़ी ठीक कर दूँ?"

देवदास ने पूछा, "कितनी देर में पहुँचा देगी?"

गाड़ीवान ने कहा "बाबूजी रास्ता ठीक नहीं है। हो सकता है, दो दिन लग जाएँ।"

देवदास मन-ही-मन हिसाब लगाने लगा, "क्या दो दिन तक मैं जीता रहूँगा? लेकिन पार्वती के पास तो जाना ही होगा। उसे बहुत दिनों के झूठे वायदे याद आ गए। लेकिन अंतिम दिन वचन तो निभाना ही होगा। चाहे जिस तरह भी हो, एक बार उससे अंतिम भेंट करनी ही होगी। लेकिन इस जीवन की मियाद तो अब और अधिक बाकी नहीं है। यही तो बड़े भारी डर की बात है।"

जिस समय देवदास बैलगाड़ी पर बैठा उस समय माँ की याद आ गई। आँखों से आँसू बह निकले और जीवन के अंतिम क्षणों में स्नेह से कोमल एक और चेहरा अत्यंत पवित्र होकर दिखाई देने लगा। वह चेहरा था चंद्रमुखी का जिसे पापिन समझकर हमेशा घृणा थी आज उसी को गौरव के साथ माँ के साथ स्पष्ट

होते देख उसकी आँखों से झर-झर आँसू बहने लगे। इस जन्म में उससे भेंट नहीं होगी और शायद बहुत दिनों तक उसे खबर भी न मिल पाएगी।

फिर भी पार्वती के पास ही चलना होगा। देवदास ने उसे वचन दिया था कि एक बार अवश्य भेंट करेगा। आज वह प्रतिज्ञा पूरी करनी ही होगी।

रास्ता अच्छा नहीं है। रास्ते में कहीं-कहीं बरसात का पानी भरा है। और कहीं-कहीं रास्ता टूट गया है। सारा रास्ता कीचड़ से भरा हुआ है। बैलगाड़ी धीरे-धीरे चलने लगी। कहीं गाड़ीवान को उतरकर उसका पहिया धकेलना पड़ता और कहीं बैलों को बेरहमी से पीटना पड़ता। चाहे जिस तरह हो, यह सोलह कोस लम्बा रास्ता तै करना ही होगा। हू-हू करती हुई ठंडी हवा चल रही है। आज भी उसे शाम के बाद से बहुत ज़ोर से बुखार चढ़ आया। उसने डरते-डरते पूछा, "गाड़ीवान, अभी और कितना रास्ता बाकी है?"

"बाबूजी, अब भी आठ-दस कोस है।" गाड़ीवान ने कहा।

"जल्दी चलो भैया, तुम्हें बहुत इनाम दूँगा।"

जेब में सौ रुपए का एक नोट था, उसे दिखाकर कहा, "सौ रुपए दूँगा। जल्दी से चलो।"

इसके बाद देवदास को इस बात का पता ही न चल सका कि वह सारी रात किस तरह और कहाँ बीती। वह बिल्कुल बेसुध और बेहोश पड़ा रहा। सवेरे होश आने पर पूछा, "अरे अभी और कितनी दूर है? क्या यह खत्म नहीं होगा?"

गाड़ीवान ने कहा, "अभी छः कोस और है।"

देवदास ने ठंडी साँस लेकर कहा, "जरा जल्दी चलो भैया। अब समय नहीं है।"

गाड़ीवान कुछ भी न समझ सका। लेकिन बड़े उत्साह से बैलों को मारता और गालियाँ देता हुआ आगे बढ़ने लगा। बैल जी जान से चल रहे थे। अंदर देवदास छटपटा रहा था। वह केवल यही सोच रहा था कि पार्वती को देख पाएगा या नहीं। मैं पहुँच भी पाऊँगा या नहीं।

दोपहर के समय गाड़ीवान ने गाड़ी रोककर बैलों को कुछ चारा दिया और खुद भी कुछ खाकर सुस्ताने लगा। उसने पूछा, "बाबूजी, आप कुछ खाएँगे नहीं।"

"नहीं भाई। भूख नहीं है। लेकिन प्यास बहुत लगी है। थोड़ा-सा पानी पिला सकते हो।"

गाड़ीवान ने पास के एक तालाब से पानी ला दिया। आज संध्या के बाद ज्वर के साथ ही देवदास की नाक से बूँद-बूँद करके खून गिरने लगा था। उसने खूब जोर से नाक दबा दी। इसके बाद जान पड़ा कि दाँतों के पास से खून बाहर

निकल पड़ा है। साँस भी रुकने लगी। उसने हाँफते-हाँफते पूछा, "अब और कितनी दूर है?"

"अब दो कोस और होगा। रात के दस बजे तक पहुँच जाएँगे।"

देवदास ने बहुत ही कष्ट से सिर उठाकर रास्ते की ओर देखा–"भगवान!"

गाड़ी चलती रही। लेकिन रात को दस बजे न पहुँचकर लगभग बारह बजे हाथीपोता के जमींदार के मकान के सामने वाले पीपल के नीचे पहुँच कर गाड़ी खड़ी हो गई।

गाड़ीवान ने पुकारकर कहा, "बाबूजी, उतर आइए।"

कोई उत्तर नहीं। फिर पुकारा। लेकिन फिर भी कोई उत्तर नहीं। तब वह डर कर लालटेन मुँह के पास ले गया, "बाबूजी, क्या सो गए?"

देवदास देख रहा है। उसने होंठ हिलाकर कुछ कहा। लेकिन मुँह से कोई शब्द नहीं निकला।

गाड़ीवान ने फिर पुकारा, "ओ बाबू!"

देवदास ने हाथ उठाना चाहा। लेकिन उठा न सका। हाँ, उसकी आँखों की कोरों से दो बूँद आँसू अवश्य चू पड़े।

गाड़ीवान ने सोच-समझ कर पीपल के नीचे बने पक्के थाले पर कुछ घास-पात बिछाकर एक बिछौना तैयार कर दिया और उसके बाद बड़ी कठिनाई से देवदास को उठाकर उस पर लिटा दिया।

बाहर कोई नहीं है। जमींदार के मकान में सन्नाटा छाया हुआ है। सब लोग सोए पड़े हैं। देवदास ने बड़े कष्ट से जेब में से सौ रुपए का नोट निकाल कर दे दिया। लालटेन की रोशनी में गाड़ीवान ने देखा, बाबू साहब उसकी ओर देख तो रहे हैं लेकिन कुछ कह नहीं पा रहे। उसने स्थिति का अनुमान लगाकर नोट अपनी चादर के छोर में बाँध लिया। देवदास अभी तक शाल से लिपटा हुआ है, सामने लालटेन जल रही है और नया मित्र गाड़ीवान पैरों के पास बैठा कुछ सोच रहा है।

सवेरा हुआ। जमींदार के मकान से कुछ लोग बाहर निकले। उन्होंने यह आश्चर्यजनक दृश्य देखा। पेड़ के नीचे एक आदमी मर रहा है। भला आदमी। बदन पर शाल है पैरों में बहुत बढ़िया चमचमाते जूते हैं। हाथ की उँगली में अँगूठी है।

एक-एक करके बहुत से लोग जमा हो गए। धीरे-धीरे बात भुवन बाबू के कानों तक पहुँची। एक आदमी से डॉक्टर को बुला लाने के लिए कहकर वह स्वयं वहाँ पहुँच गए।

देवदास ने सभी लोगों की ओर देखा। लेकिन उसका गला रुंध गया था। मुँह से एक शब्द भी न कह सका। केवल आँखों से आँसू बहने लगे। गाड़ीवान जो कुछ जानता था वह सब उसने बता दिया। लेकिन उससे कोई विशेष बात मालूम न हो सकी।

डॉक्टर ने आकर देखा। बोला, "अंतिम साँसें चल रही हैं। अभी मर जाएगा।"

सभी लोगों के मुँह से हाय निकल गई।

ऊपर बैठी पार्वती ने भी वह कहानी सुनकर कहा, "हाय-हाय!"

एक आदमी दया करके उसके मुँह में थोड़ा-सा जल दे गया। देवदास ने दर्द भरी नजरों से उसकी ओर देखा और फिर आँखें मूँद लीं। कुछ देर तक साँस लेता रहा लेकिन उसके बाद सभी बातों का अंत हो गया।

अब यह बहस होने लगी कि इसका दाह-संस्कार कौन करेगा? इसे कौन छुएगा? यह कौन जात है?

भुवन बाबू ने पास के थाने में खबर भेज दी। इंस्पेक्टर आकर जाँच करने लगा। तिल्ली और जिगर के कारण मृत्यु हुई है। नाक और मुँह में खून के दाग हैं।

जेब में से दो पत्र निकले। एक में ताल सोनापुर के द्विजदास मुकर्जी ने बम्बई के देवदास को लिखा था, "अभी रुपए नहीं भेजे जा सकते।"

दूसरे पत्र में काशी की हरिमती देवी ने देवदास मुकर्जी को लिखा था–अब तुम्हारी तबियत कैसी है?

बायें हाथ पर अंग्रेजी में नाम का पहला अक्षर गुदा हुआ है। इंस्पेक्टर साहब ने जाँच करके कहा, "हाँ यह आदमी देवदास ही है।"

हाथ में नीलम की एक अँगूठी दाम लगभग डेढ़ सौ रुपए, बदन पर एक जोड़ा शाल, कीमत लगभग दो सौ रुपए। इसके अलावा कोट, धोती आदि सभी चीजें, लिख लीं। चौधरी महाशय और महेन्द्र दोनों ही वहाँ मौजूद थे। ताल सोनापुर का नाम सुनकर महेन्द्र ने कहा, "यह तो छोटी माँ के मैके का आदमी है। वह अगर देखें....!"

चौधरी महाशय बिगड़कर बोले, "वह क्या यहाँ मुर्दे की शिनाख्त करने आएगी?"

दरोगा ने हँसते हुए कहा, "पागल किसे कहते हैं।"

एक ब्राह्मण का मृत शरीर होने पर भी गाँव में कोई उसे छूने को तैयार नहीं हुआ। इसलिए चांडाल आकर उसे उठा ले गए। उन लोगों ने किसी सूखे हुए ताल

के किनारे अधजला करके फेंक दिया। कौए और गिद्ध आकर उस पर बैठ गए। गीदड़ और कुत्ते उस शव के लिए आपस में लड़ाई झगड़ा करने लगे। जिस किसी ने सुना यही कहा, हाय, हाय...। और नौकर-चाकर भी आपस में बातें करने लगे, "हाय हाय! भला आदमी था। दो सौ रुपए की शाल भी। डेढ़ सौ रुपए की अँगूठी थी। ये सब चीजें अब दरोगा के पास हैं। दोनों चिट्ठियाँ भी उसने अपने पास रख ली हैं।"

यह समाचार सवेरे ही पार्वती के कानों तक पहुँच गया। लेकिन आज कल वह किसी बात पर अच्छी तरहं ध्यान नहीं दे पाती। इसलिए इस मामले को भी ठीक-ठीक नहीं समझ सकी। लेकिन जब सभी लोगों के मुँह पर यह बात चढ़ गई तब पार्वती ने भी ध्यान से सुनी और संध्या से कुछ पहले एक दासी को बुलाकर पूछा, "क्या हुआ री? कौन मरा है?"

दासी ने कहा, "हाय, हाय! बहूजी, कोई भी तो नहीं जानता। पूर्व जन्म की मिट्टी खरीदी हुई थी इसलिए यहाँ केवल मरने के लिए आया था। इस जाड़े-पाले में रात से ही पड़ा हुआ था। आज सवेरे नौ बजे मरा है।"

पार्वती ने लम्बी साँस लेकर पूछा, "हाय, हाय! कुछ भी पता नहीं चला कि कौन था?"

दासी ने कहा, "बहूजी, महेन्द्र बाबू जानते हैं। मैं अधिक नहीं जानती।"

महेन्द्र बुलाया गया। उसने आकर बताया, "तुम्हारे ही गाँव के देवदास मुकर्जी थे।"

पार्वती ने महेन्द्र के बिल्कुल निकट खिसककर उसे पैनी नजरों से देखते हुए पूछा, "कौन देव भैया, कैसे जाना?"

"जेब में दो चिट्ठियाँ थीं। एक द्विजदास मुकर्जी की लिखी हुई थी।"

पार्वती ने रोककर कहा, "हाँ, उनके बड़े भाई हैं।"

"और एक काशी की जरिमती देवी की लिखी हुई थी।"

"हाँ, वह माँ हैं।"

हाथ में गोदने से नाम लिखा हुआ था

"पहले पहल कलकत्ता गए थे तब वहाँ गुदवाया था।"

"नीलम की अँगूठी थी।"

"हाँ, जनेऊ के समय ताऊजी ने उन्हें दी थी। मैं जाती हूँ", यह कहती हुई पार्वती दौड़ती हुई नीचे की ओर बढ़ी।

महेन्द्र ने हतबुद्धि होकर पूछा, "अरी माँ! कहाँ जा रही हो?"

"देव भैया के पास।"

"वह तो अब नहीं हैं। उन्हें तो डोम उठा ले गए।"

"अरी मैया री मैया!" कहती हुई पार्वती दौड़ी।

महेन्द्र ने दौड़कर रास्ता रोक लिया, "तुम पागल हो गई हो माँ। कहाँ जाओगी?"

पार्वती ने महेन्द्र की ओर गहरी नजर डालकर कहा, "महेन्द्र, क्या सचमुच तुमने मुझे पागल समझ लिया है। रास्ता छोड़ो।"

उसकी आँखों की ओर देखकर महेन्द्र ने रास्ता छोड़ दिया और चुपचाप उसके पीछे चल पड़ा।

पार्वती बाहर निकल गई। उस समय बाहर नायब–गुमाश्ते काम कर रहे थे। उन्होंने देखा। चौधरी महाशय ने चश्मे के ऊपर से देखकर पूछा, "कौन जा रहा है?"

महेन्द्र ने उत्तर दिया, "छोटी माँ।"

"कहाँ जा रही हैं?"

"देवदास को देखने," महेन्द्र ने कहा।

भुवन चौधरी चिल्ला उठे, "क्या तुम सब लोग पागल हो गए हो! पकड़ लाओ। पागल हो गई है। ओ महेन्द्र, ओ छोटी बहू।"

इसके बाद दासियाँ मूर्च्छित पार्वती को उठाकर अंदर ले गईं।

दूसरे दिन बेहोशी दूर हो गई लेकिन वह बोली नहीं। एक दासी को बुलाकर सिर्फ इतना ही पूछा, "रात को आए थे न? सारी रात....।"

इसके बाद पार्वती चुप हो गई।

पार्वती का क्या हाल हुआ और वह किस तरह है, सो नहीं मालूम। जानने की इच्छा भी नहीं होती। केवल देवदास के लिए बहुत दुःख हो रहा है। आप लोगों में से जो भी यह कहानी पढ़ेगा वह भी शायद हमारी ही तरह दुःखी होगा। तो भी यदि कभी देवदास सरीखे किसी अभागे असंयमी और पापी के साथ आपका परिचय हो जाए तो उसके लिए प्रार्थना करना। प्रार्थना यह करना कि और चाहे जो हो लेकिन उसकी तरह किसी की मृत्यु न हो। मरने में तो कोई हानि नहीं है। लेकिन मरते समय उसके माथे पर किसी का स्नेह भरा हाथ तो पहुँच सके। और स्नेह और करुणा भरे मुख को देखते–देखते जीवन का अंत हो। मरते समय किसी की आँख से बहता एक बूँद जल देखकर मर सके।

❑❑❑